김호영

대한민국 뮤지컬 배우. 고등학교 때 연극을 시작했고
전국청소년연극제에서 각종 연기상을 수상했으며,
동국대학교 연극학과 재학 당시 2002년 〈렌트〉의 '엔젤'역으로 데뷔했다.
이후 〈유린타운〉 〈아이다〉 〈맨 오브 라만차〉 〈킹키부츠〉 등 수많은 뮤지컬과
〈거미 여인의 키스〉 〈로미오와 줄리엣〉 등의 연극을 통해 관객과 만났고,
2012년 제18회 한국뮤지컬대상 남우조연상,
2017 제5회 대한민국 예술문화인대상 뮤지컬부문상 등을 수상했다.
현재 넘치는 끼와 에너지 가득한 독보적인 캐릭터로 뮤지컬과 연극 무대를 넘어
드라마, 예능, 트로트, 홈쇼핑, 유튜브 등 다양한 분야에서 전천후로 활약하며,
사람들에게 긍정적인 에너지와 즐거움을 전하고 있다.

Hoy

뮤지컬 배우 김호영 스토리

인EIN

뮤지컬 배우가 된 지 20년이다. 많은 동료들이 노래와 춤으로 무대를 열어 자축하지만 나는 좀 다른 계획을 세웠다. 20년을 어떻게 걸어왔는지 돌아보고 지난 이야기를 정리하면서 그동안 그려왔던 꿈의 지도를 다시 살펴보고 싶었다. 그래서 에세이를 쓰자고 생각했다. 그렇게 마음먹고 나서 보니 나는 인생의 매일매일, 매 순간 꿈을 그려왔더라.

아주 어릴 적, 아득한 그 시절부터 뭔가 될 거라고, 되고 말 거라고 생각했다. TV에 나갈 거야, 예쁜 옷을 입는 사람이 될 거야, 사람들이 모두 나를 바라보게 할 거야. 그렇게 연극학과에 들어가고 뮤지컬 배우가 되고 어린 시절의 꿈이 이루어졌을 즈음엔 다른 꿈을 그렸다. 내 끼를 발산하고 나를 표현할 수 있다면 드라마, 영화, 예능, 홈쇼핑, 트로트… 장르 불문 도전을 멈추지 않았다. 그 덕에 삶은 항상 총천연색이었다. 그런 내 곁엔 "너는 무조건 잘될 거야, 너니까 반드시 해낼 거야, 너는 슈퍼스타야"라고 말해주는 엄마가 있었다. 엄마 덕에 세상 누구보다 삶이 선명한 채도와 명도를 가지게 됐다. 이 자리를 빌려 다시 한번 나의 엄마, 다이애나 김 여사님께 제일 먼저 깊은 감사 인사를 전한다.

에세이를 쓴다면 이왕이면 내 스타일대로 만들고 싶었다. 나, 호이 스타일대로. 마침 뜻이 맞는 동료들을 만났다. 새로운 모험을 함께해준 인티N, 이야기의 구성을 함께 만들어준 매직스토리포켓의 이재영 작가와 우리를 드림팀으로 연결해준 김문정 음악감독님에게 감사하다. 멋지게 책을 디자인해준 김리영 디자이너에게도 고맙다.

Drawing my dream. Drawing your dream.

난 나의 꿈을 그릴 거예요. 당신도 꿈을 그려나가세요. 당신의 꿈을 가지세요. 팍팍한 세상에 꿈을 말하는 건 사치라고, 특별한 사람만이 꿈을 이룰 기회를 갖는다고 말한다. 하지만 꿈은 꾸는 것만으로도 충분한 가치가 있다. 꼭 이루지 않더라도 끊임없이 자기만의 꿈을 그리는 사람에게는 오늘을 살아갈 힘이 생긴다. 부정적인 말 앞에 힘들어하는 사람들에게 끊임없이 꿈꾸며 달려온 내 이야기가 조금은 힘이 될 수 있겠다는 생각이 들었다. 마치 우리 엄마가 나에게 늘 말해준 것처럼 무조건 잘될 거예요, 반드시 해낼 거예요, 당신이 주인공이에요, 하고 말해주고 싶었다.

많은 분이 SNS로 메시지를 주신다. 특히 병마와 싸우고 계신 분들의 감사 인사가 많아졌다. 웃을 일 없는 일상에 나를 보며 잠시 웃게 된다며, 덕분에 고통을 잊고 행복해졌다면서 고마움을 전한다. 내가 더 감사한 일이다. 잠시라도 누군가를 행복하게 하는 건 정말 가치 있는 일이니까.

처음엔 내 방식대로 20주년을 기념해야지 하고 시작했는데, 글을 다 펼쳐 놓고 보니 누군가의 삶을 끌어올려주는 이야기로 남았으면 싶다. 앞으로도 나는 나의 꿈을 그려갈 테니 이 책을 읽는 모두가 자기만의 꿈을 그려나가기를. 기운 없이 축 처져 있는 거 그만하고, 벌떡 일어나 생의 순간순간을 환희로 끌어올리기를. 부딪히고 도전하고 쟁취하길! 그렇게 늘 행복하길! 우리 모두 함께 호이팅!

2022년 겨울, 김호영

Contents

photo by Jdz Chung

Intro

LOOK AT ME!

LOOK AT ME!

내가 사람들에게 나를 소개할 때 이런 수식어를 붙이잖아?

'독보적인'

맞아. 난 독보적인 사람이 되고 싶어.

하나의 고유명사가 되고 싶어.

Hoy

그 누구와도 같지 않은, 특별한,

총천연색의, 유일무이한,

그런 배우, 그런 사람.

안 될 거라고 생각하지 않아.

그런 의심은 해본 적 없어.

될 거라고 주구장창* 외쳐도 될까 말까 하는 세상에

왜 의심해?

지켜봐라?

나, 분명히 그렇게 된다?

* 편집자가 "주야장천"이라고 고쳐둔 걸 내 입에 붙는 말을 쓰고 싶어서 "주구장창"으로 하겠다고 했어.
이 책에는 이것 말고도 내가 평소에 쓰는 표현대로, 내 방식대로 풀어냈으니 참고해주시길!

52만 5천 6백 분의 소중한 순간들

52만 5천 6백 분

1년의 가치를 어떻게 잴 수 있을까요?

— 뮤지컬 〈렌트〉, 'Seasons of Love' 가사 중에서 —

Preview

교차로에서

"호영, 어떤 배우가 되고 싶어?"

〈킹키부츠〉 공연을 할 때 어느 날 정성화 형이 나에게 물었다. 형의 질문에 나는 이렇게 대답했다.

"형, 나는 그냥 내가 교차로에 서 있는 사람 같아요. 뮤지컬, 드라마, 영화, 예능, 홈쇼핑, 사업… 수많은 갈림길 앞에 서 있는 것 같달까요? 좋은 엔진으로 무장한 사람들이 각자 자기 길을 찾아서 쌩쌩 전속력으로 흩어져 가는데 난 모르겠더라고. 매일의 선택이 달라. 오늘은 이 길, 내일은 저 길."

형이 내게 왜 그런 질문을 했는지 안다. 배우로서 내가 가진 재능을 알고 물었던 걸 테지. 흔히 말하는 좋은 배우로 성장할 가능성이 있는데 깊이를 추구하기보다 순간의 에너지에 집중하는 것처럼 보여서 아쉬운 마음. 세상에 온전히 '배우'로 보이길 바라는 마음. 성화 형을 비롯해 주변 사람들의 염려가 무엇인지 잘 안다. 생각해주는 마음이 항상 감사하다. 때로는 나도 내가 잘하고 있는 건가 싶기도 하고 조급해지기도 한다.

하지만 여전히 하고 싶은 게 많다. 가지고 있는 재능도 많다. 길 하나가 탄탄하게 자리 잡아주면 좋겠지만 이 업계에서 그건 내 욕심이고 내가 하고자 한다고 되는 일도 아니다. 그러니 나를 필요로 하는 곳에 내 마음이 끌리면 일단 가본다. 지금 예능 쪽에 신호가 터졌어? 그럼 일단 가봐! 이번에는 홈쇼핑이야? 내가 또 영업 잘하지. 어느 쪽이든 신호가 들어오는 곳으로 움직여본다. 가만히 기다린다고 무언가가 되는 게 아니다. 물론 가끔은 엔진이 과열되어 마음이 부대끼기도 하고 허전할 때도 있다. 그래서 우두커니 서서 바람을 맞기도 하고. 하지만 뭐 어디 나만 그렇겠어? 그러니까 멈춰 서서 망설이기보다는 어디로든 한 발 내디뎌본다.

어쩌면 내가 서 있는 곳은 그냥 교차로가 아니라

회전 교차로일지도 몰라.

직진, 좌회전, 우회전 어디든 가고 싶은 곳으로 갈 거야.

내가 가진 색깔이 열 가지라면 열 가지를 다 쓰고 싶어.

난 그런 배우가 되고 싶어.

일어나! 일어나!

난 바쁜 게 아니라 분주한 거야.
일이 적든 많든 일을 만들어내는 거고.
억지로 애쓰는 게 아니라
내가 가진 에너지야.
인생이 재미없다고?
아무것도 안 하니까 인생이 재미없지.
일단 일어나서 밖으로 나가봐!
재미있는 일이 펼쳐져.
기다린다고 신나는 일이 찾아오지 않아.
그러니까 움직여!
일어나! 일어나라고!

Merry Christmas
Artist Glitter

Be Hoy!

내가 Hoy가 된 건 동국대학교 연극학과 시절이었다. 그때 매일 붙어 다니면서 별거 아닌 일에도 깔깔대던 스무 살 새내기 친구들이 있었다. 지은이, 지영이, 아름이, 유진이가 그 멤버였다. 어느 날 아름이가 "야! 김호영, 김호영! 호이!"라고 했고 갑자기 얘들이 크게 웃었다.

"뭐야, 둘리야? 마법 부리는 거야? 호이? 어머, 그러고 보니까 호영이 너 '도우너'랑 좀 비슷하게 생겼다."

다 같이 깔깔깔깔깔. 활짝 핀 벚꽃잎이 바람에 흩날리는 봄날의 캠퍼스에서 우리는 만화영화 〈둘리〉를 떠올리며 배를 잡고 웃었다. 지금 생각해보면 그게 그렇게 웃을 일이었나 몰라. 어쨌든 그게 그대로 별명이, 호칭이 됐다. 사람들이 자연스럽게 나를 '호이'라고 불렀다. 게다가 대학교 2학년 때 뮤지컬 배우로 데뷔한 뒤, 그 당시 최고의 SNS였던 싸이월드 미니홈피에 'Hoy'를 키워드로 카테고리를 나눠놨더니 동료 배우들도, 팬들도 자연스럽게 나를 '호이'라고 부르기 시작했다. 이것이 'Hoy'라는 이름의 시작.

Hoy
Magic
Preview

〈렌트〉에서 내 첫 파트너였던, 띠동갑의 나이 차가 나는 대선배 성기윤 형은 자주 말했다. 나를 만나는 사람들은 다 무장해제가 된다고, 그게 문화충격이었다고.

"너는 위든 아래든, 어떤 관계에 있든, 상대가 누구든 간에 편히 다가서고 스스럼없이 표현하잖아. 그게 또 상대를 즐겁게 해. 너만 나타나면 분위기가 편안해져. 그런데 연기도 곧잘 해. 이런 신기한 캐릭터가 어딨어? 호이 마법이야, 호이 매직."

그 말이 정말 좋았지. '호이 매직'이라는 말.

그런데 지금도 계속되고 있지 않아?

부르는 순간부터 모두 기분 좋아지고 즐거워지는,

호이 매직!

"위트 있지 재미있지
어딜 가나 다들 나를 찾지
그래선지 한번 보면
빠져 빠져나간 적 없네
아직도 날 안 본 사람들이 있다면
한 번만 봐봐 내 매력에 빠져들 거야
넌 내게 빠져들걸
안 보고는 못 배길걸
자꾸만 보게 될걸"

— 〈호이쇼〉 가사 중에서 —

Actor Hoy

모든 게 운명이었는지도

〈광화문 연가〉 프로덕션 (2021) © CJ ENM

“어렸을 때부터 배우를 꿈꿨고 꿈꾼 대로 배우가 됐죠.
그것도 아주 자연스럽게.
하지만 뮤지컬 배우로 출발하게 될 줄은 몰랐어요.
돌아보니 모든 게 운명이었던 것 같아요.”

Actor Hoy

FATE 1. 운명의 시작

1.

본 투 비 끼쟁이. 사람들은 종종 내가 어렸을 때부터 무척 '자유로운 영혼'이었을 거라고 오해하곤 한다. 물론 어린 시절 TV 드라마를 볼 때 주인공의 대사를 따라했고, 합창단 생활도 했으며, 무대에 올라갈 일이 있으면 적극적으로 나서서 나를 어필했다. 무엇보다 그걸 무척 즐겼다. 하지만 의외로 모범적인 학생이기도 했다. 흐트러짐 없이 교복을 갖춰 입고 두발 규정에 어긋나는 머리를 해본 적 없으며, 매년 학급 임원을 하고 선도부장을 역임했던, '본 투 비 모범생'이었달까? 그럼에도 불구하고 '배우'라는 건 그 나이 또래 아이들이 막연히 품는 희망 사항 그 이상의 꿈이었고, 나 역시 구체적인 목표나 계획이 있었던 건 아니었지만 텔레비전에 내가 나오기를 늘 꿈꿨다.

중학교 때는 노래를 제대로 배워볼까 생각했다. 변성기를 큰 무리 없이 보낸 터라 하이 소프라노 음역이 가능했는데, 문득 성악을 배우면 좋을 것 같았다. 내 이야기에 엄마는 무조건 찬성. (일명 '다이애나 김'으로 불리는 엄마의 이야기는 뒤에서 자세히 다루겠다.) 그것도 그냥 찬성이 아니라 대찬성으로 명문대 학생을 선생님으로 섭외해 레슨을 받게 해줬다.

그 레슨 선생님이 화근이지. 어느 날 선생님이 예술고등학교를 추천한 것이다. 그것도 선화예고를. 그 학교는 당시에도 전국에서 손꼽히는 예고였지만 내가 뭐 자세히 알 리가 있나. 그저 예술고등학교? 예고라, 흠…. 예술고등학교란 말이지, 하며 흥미를 느꼈을 뿐. 어쨌든 그전까지 생각해본 적이 없었는데 그런 상황이 되니 예술고등학교에 갈 운명인 것 같았다. 그래, 내가 아니면 누가 거기에 가겠어? 한 가지 문제가 있다면 그때가 입시를 3개월 앞둔 시점이었다는 것. 3개월이 아닌 3년 이상 준비한 친구들과 겨뤄야 할 텐데 그런 건 생각하지도 못한 채 그저 마음이 끓어올랐다. 나는 예고를 가야 해! 예술고등학교가 바로 나의 길이야! 역시 그게 나의 운명이야!

2.

입시 일주일 전. 사건은 늘 그런 때 일어나지. 그날도 선도부원으로서 등교 시간을 철저히 했고, 멀리서 달려오는 학생들의 절박함에도 "셋, 둘, 하나, 문 닫습니다!" 하는 나의 외침은 가차 없었으며, 무거운 철문은 그렇게 닫혔다…로 이야기가 끝났어야 했는데. 닫힌 철문으로 달려든 학생들이 문을 열어달라고 아우성치던 그때, 학생들 뒤로 다가오는 차 한 대가 있었다. 학교 선생님의 차였다. 문을 열어야 했다. 철문에 달려들어 고함과 애원 어디쯤을 내지르는 학생들을 밀어내며 서둘러 문을 열려다가 엄지와 검지 사이가 걸쇠에 집히고 말았다. 그래서 어떻게 됐냐고? 살이 짓이겨졌고 피가 철철 흘렀으며 꿰매고 깁스까지 하고 말았지.

일주일이 지나 선화예고 입시 당일, 한쪽 손에 깁스를 한 채로 실기장에 들어섰다. 심사위원들이 내 모습을 보고 쿡, 하고 웃었다. 예상치 못한 학생의 모습에 툭 터진, 별 의미 없는 웃음이었을 텐데 긴장한 청소년은 그때부터 살짝 멘탈이 흔들렸다. 그래도 지정곡 추첨을 할 때 정신을 차리려고 애쓰며 마음속으로 abcd 네 곡 중 내가 열심히 준비한 곡이 나오라고 기도했다. 'd 나와라, d 나와라.'

지정곡 테스트는 반주자가 쳐주는 첫 음만 듣고 피아노 반주 없이 악보의 음표들을 소리 내는 시험이었다. 후보곡이었던 네 곡 모두 연습했지만 그중 나름대로 자신 있는 것이 d 곡이었던 것이다. 떨리는 마음으로 뽑았는데, 어머나 세상에, d잖아?! 그러나 어머나 정말 세상에! 다시 보니 'b'였다. 소문자 b와 d가 헷갈렸던 것이다. 청소년의 멘탈은 다시 한번 흔들렸고, 한 번에 음을 잡지 못했으며, 선화예술고등학교에 가겠다는 인생의 첫 번째 포부와 꿈은 와르르 무너지고 말았다.

그렇게 머릿속에서 예술고등학교를 지운 채 동네의 남자고등학교 중 하나인 동북고등학교에 진학했는데, 반전, 반전 대반전. 내 운명의 추는 아무런 기대 없던 그 동북고에서 움직이기 시작했다.

3.

고등학교에 입학 후 '방과 후 활동(CA)'으로 연극반을 선택했다. 연기에 관심이 있었고, 연극반에 가면 국어 교과서에서나 보던 희곡을 직접 무대에서 연기해볼 수 있을 거라는, 춤도 추고 노래도 부를 수 있을 거라는 단순한 생각이었다. 그런데 이게 웬걸? 가서 보니 동북고 연극반이 청소년 연극계에서 엄청 유명한 게 아닌가! 그런데 이건 또 무슨 일? 원래 그 학교 연극반에서는 2학년부터 배우로 무대에 설 수 있었는데 그 당시 준비하던 공연이 셰익스피어의 〈한여름 밤의 꿈〉을 각색한 〈일장하몽〉이라는 작품이었다. 생각보다 많은 배우가 필요해서 그해에는 이례적으로 1학년도 배우로 참여할 수 있었고, 무엇보다 원작인 〈한여름 밤의 꿈〉과 마찬가지로 굵직한 여자 역이 셋이었다. 2, 3학년에 여자 역할을 독보적으로 하는 선배들은 딱 한 명씩만 있었으니 그럼 남은 여자 역을 누가 하겠어? 나, 김호영이지. 그게 내가 배우로 처음 섰던 무대였는데 처음 하는 연기인데도 너무 잘해. 잘해도 너무 잘해. 그러니 주목을 좀 받았겠어?

생각해보면 무대 공연은 나 같은 사람에게는 딱 맞는 일이다. 말 그대로 '라이브'라서 정해진 규정이 더 엄격하다. 많은 사람이 함께 만드는 작업이고, 무대 장치며 조명이며 조심해야 할 것도 많다. 그래서 룰을 벗어나지 않는 선에서 자기가 가진 끼를 발산해야 하는 일이다. 나 같은 사람에게 딱이지, 딱.

어쨌든 운 좋게 1학년 때부터 배우로 공연에 참여했고 연기를 곧잘 했기 때문에 계속 무대 위에 섰다. 그 덕분에 3년 내내 연극의 기초를 제대로 배웠다. 3학년 형들이 연극학과 입시를 준비한다고 안무, 재즈 댄스, 발성 레슨을 받았는데 그때도 어깨너머로 함께 배울 수 있었다. 그러나 더 중요한 사실은 배우로서 무대에 선다는 것의 의미를 생각하게 되었다는 것.

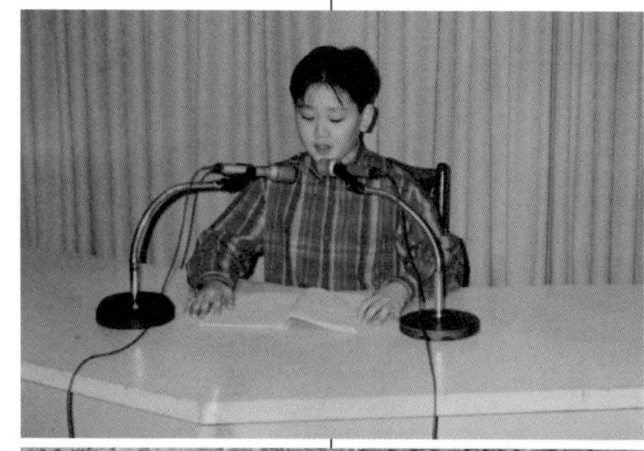

초등학교 방송반
'아나운서'로
활약하던 때

운동회날
청팀 대표로
구령대에서
춤추던 나

고등학교
1학년 때
〈일장하몽〉
공연 중

"돌아보니 모든 게
운명이었던 거 같아요."

고등학교 2학년 때 공연했던
〈죽은 시인의 사회〉 이미지 컷

4.

동북고 연극반은 강동·송파지역에서 워낙 유명해서 구민회관 소극장에서 정기 공연을 하기도 했다. 그 공연은 분장팀도 오고 의상도 제대로 갖추고 정식으로 티켓을 팔아서 무대에 올리는 정식 공연이었다. 덕분에 나는 지역적으로도 유명인사가 됐다. 게다가 90년대 말부터 2000년대 초까지 청소년 연극이 엄청 붐이었고 전국청소년연극제라는 것도 있어서 전국구로도 유명해졌다.

무슨 말인고 하니, 고등학교 3학년 때 우리는 〈대한민국 김철식〉이라는 작품으로 청소년연극제에 나갔다. 이 작품은 2000년대와 1970년대의 이야기가 교차하는 극으로, 난 이 작품에서 아버지 말 징그럽게 안 듣는 딸과 술집 작부, 1인 2역을 맡았다. 연출에도 관심이 많아서 공연을 준비할 때 아이디어를 적극적으로 내는 편인데 그 공연에서도 무대 의상, 등장 타이밍 같은 것에도 신경을 많이 썼다. 극중에서 말 안 듣는 딸이 되어 아버지에게 따귀를 맞고 휘리릭 무대 뒤로 사라졌다가 곧바로 화려한 한복을 입은 작부가 되어 반대편에서 등장해 다른 얼굴, 말투로 무대를 휘어잡았다. 그때 객석에서 깔깔 웃고 난리가 났었지.

우리는 그 공연으로 전국에서 열리는 각종 청소년연극제를 하나씩 씹어 먹기 시작했다. 특히 그 당시에 동국대학교 동국청소년연극제가 고등학생들 사이에서 유명했는데 (연극영화과가 있는 학교에서 주최하는 연극제라서 인기가 많았다) 거기에서도 그 작품으로 우리 학교는 입상을 했고 나는 최우수연기상도 받았다! 나중에는 전국청소년연극제에서도 상을 탔지 뭐야?!

생각해보면 그때는 내 의지로 뭘 했던 것보다 알 수 없는 힘이 나를 그 방향으로 이끌고 갔던 것 같다. 내가 뭘 억지로 한 게 없으니까. 그저 좋아서 열심히 했는데 마땅한 때에 마땅한 것이 눈앞에 준비된 것 같은 느낌? 그리고 무대에서 공연하는 게 얼마나 멋진 일인지, 무대 위가 얼마나 좋은지 어슴푸레 알아버렸으니 다른 길을 생각할 수가 없었다.

5.

시상식장 열기가 대단했다. 동국청소년연극제는 전국의 유명한 고등학교 연극반이 모두 참여하는 연극제였고 경쟁이 엄청났다. 그만큼 시상식의 의미는 남달랐다. 고등학생의 눈으로 보기에 규모도 작지 않았다. 동국대학교 대극장인 이해랑극장 안은 연극제에 참가했던 전국의 고등학교 연극반 학생들로 가득 찼다. 그 당시 대한민국 청소년 연극계에서 난다 긴다 하는 학생들이었으니 그 에너지가 청룡영화제, 대종상 시상식 못지않았다. (그랬던 것으로 기억한다. 미화된 기억이라도 어쩔 수 없어!) 수많은 눈빛에서 때 묻지 않은 어린 예술가 특유의 자신감과 자긍심, 자부심이 흘렀다고나 할까?

수상자를 호명할 때마다 "촤라라라~~~" 하며 심벌즈 소리가 울리는데, 화려하면서도 웅장한 그 소리가 어찌나 좋던지. 우리 학교, 내 이름이 불리지 않아도 심장이 수시로 벌렁거렸다. 게다가 그때 시상식에서는 매 시상 부문에 후보가 따로 없었다. 앞쪽에서 이름이 불리지 않았다는 건 다음 차례의 수상 가능성이 높아진다는 이야기였다. 그러니 매 부문 시상마다 두근두근할 수밖에. 심장이 밖으로 튀어나올 것 같았다.

어느새 최우수연기상 차례가 다가왔고, 나는 그전까지 이름이 불리지 않았다. 긴장한 티를 내지 않으려고 했지만 아마 누가 내 얼굴을 봤다면 바로 알아봤겠지. 애써 담담한 척, 괜찮은 척했지만 기대감을 지울 수 없었다. 당연한 일이지 않아? 누군들 안 그렇겠어?

"자, 최우수연기상은! 동국청소년연극제 최우수연기상은!"

아니 대체 수상자 발표하는 사람들은 왜 다들 한 번에 이름을 말하지 않는 거야? 이러다 심장 터져 죽겠네. 그 짧은 순간에도 내 마음은 하늘과 땅을 넘나들었다. 아닐 수도 있어. 김호영, 실망하지 말자. 괜찮아. 잘하는 애들이 너무 많았잖아. 근데 나 이번에 좀 잘하지 않았나? 잘했는데? 나 괜찮았는데? 아니야, 생각하지 말자. 결과에 연연하지 말자.

"최우수연기상은! 동북고등학교, 김, 호, 영!"

!!!

내 이름이 장내에 울려 퍼지고 그 순간 영화의 한 장면처럼 나만 빼고 모든 것이 슬로모션으로 넘어가는 것 같은 느낌. 내가 자리에서 일어나 무대 위로 걸어 나가던 순간이 꿈결처럼 기억난다. 환호와 박수, 내게 쏟아지던 스포트라이트, 귓가에 울리는 축하 음악…. 진심으로 가슴 벅찬 순간이었다. 이 또한 내 기억의 미화라고 해도 상관없다. (좀 즐기게 내버려 둬!)

그 이후 전국청소년연극제 시상식에서도 내 이름이 불렸다. 심지어 한 학교에 한 명이 받을까 말까 한 상이었는데 그때는 같은 연극반 친구와 내가 나란히 개인 연기상을 받았다.

이름이 불린다는 것, 주목받는다는 것은 심장이 입 밖으로 튀어나올 것처럼 긴장되는 일이기도 하지만 발끝이 바닥에서 살짝 떨어지는 것 같은, 기분 좋은 짜릿함이 더 컸다. 그런 경험을 하고 난 뒤 다른 길을 생각할 수 있었겠어? 아니, 그럴 수 없지. 그때 내꿈은 명확해졌다.

이게 내 운명이야! 무대에 설 거야.

전문 배우가 되겠어!

시작은 가볍게

"호이, 혹시 〈렌트〉라는 뮤지컬 알아? 그 뮤지컬 오디션 보러 가자. 네가 하면 잘 어울릴 만한 역할이 있어. 엔젤이라고. 너 노래도 좀 하잖아. 일단 한번 해보자."

동국대학교 연극학과 학생이 된 지 2년이 채 지나지 않았을 때였다. 절친한 친구인 태린이의 제안에 '뮤지컬'보다 '오디션'에 꽂혔다. 배우가 되려면 앞으로 오디션을 볼 일이 많을 테니 경험이 될 것 같았다. 심각하게 생각하지 않았다. 스무 살, 이제 시작하는 나이인 걸?

그렇게 경험 삼아 마음 편하게 지원한 오디션이었는데, 그 오디션이 내 인생을 송두리째 바꿔놓을 줄이야.

전략과 기백과 운

그래도 오디션이라고 나름 전략을 짰다. 아주 화려한 스카프를 두르고 오디션장에 갔다. 어떻게든 심사위원들에게 나를 각인시켜보겠다는 심산이었다. 운 좋게 1차에 붙고 2차 오디션 당일, 그날도 역시나 화려한, 1차 때와는 다른 스타일의 스카프를 둘렀다. 내 차례가 됐을 때 심사위원석에 앉아 있던 한 아저씨가 나를 빤히 보더니 물었다.

"지난번에도 스카프를 하고 오더니 오늘도 하고 왔네요? 스카프가 많은가 봐요?"

'지난번'을 언급하는 걸 보면 목표는 성공한 셈. 스카프를 두른 게 '엔젤'이란 캐릭터에 어울리기도 했겠지만 심사하는 사람이 나를 알아보다니 심장이 기분 좋게 쿵쿵거렸다. 질문한 아저씨가 누구인지 알 수는 없었지만 평범한 대답으로는 안 될 것 같았다. 최대한 공손하지만 자신 있게, 조금은 농담 기를 섞어 대답했다.

"선생님이 하나 사주시면 한 다스 채울 정도 있습니다!"

내 대답에 그분은 껄껄 웃어넘겼다. 생각해보면 참 당돌했다. 20대 초반이었고 아직 오디션이 뭔지 몰랐기 때문에 할 수 있던 대답이 아니었을까? 무엇보다 그 사람이 제작사 대표일 거라고는 꿈에도 생각하지 못했다. 이름표를 단 것도 아니고 얼굴만 보고 그 사람이 신시컴퍼니 박명성 대표님일 줄 누가 알았겠어?

지금 돌이켜 생각해보면 그 나이에도 나를 각인시키겠다고 나름 전략을 짠 내가 대견스럽다. 긴장된 상황 속에서도 재치 있는 대답을 한 그 기백을 칭찬한다. 그때 내가 다른 배우들보다 탁월하게 뛰어났던 것은 아니었겠지만 전략에서 보인 센스, 그런 대답을 할 수 있었던 배짱에서 김호영이라는 배우의 가능성을 발견했을 거라고 생각한다. 그리고 '엔젤'이라는 캐릭터를 만난 건 나의 운이었을 테고. 어쨌든 그렇게 내 인생 첫 번째 오디션에 합격! 〈렌트〉의 사랑스러운 '엔젤' 역할로.

〈렌트〉(2020) © 신시컴퍼니

나의 뮤지컬 첫 작품 〈렌트〉의 시그니처 슬로건은

No day But today.

오직 오늘뿐.

나의 첫 역할이었던 '엔젤'은

오늘 하루를 행복하게 사는 사람.

스페인어 'Hoy'는 '오늘'이라는 뜻.

이런 운명적 만남이라니!

〈렌트〉(2004) © 신시컴퍼니

Momentum

나를 한 뼘 더 키워준 시간

첫 경험

**사회는, 프로의 무대는, 적당히 봐주고 넘어가지 않는다.
밥상은 차려주지만 숟가락 젓가락은 주지 않는다.**

〈렌트〉 연습이 시작된 후 박칼린 음악감독님에게 엄청 혼났다. 노래 때문에. 〈렌트〉는 대사 전부가 노래로 구성된 작품이다. 그때까지 그런 작품은 해본 적 없었다. 고등학교 시절 무대에 올렸던 뮤지컬은 대사가 많고 간간이 노래가 있는, 연극에 가까운 작품이었다. 내가 노래를 좀 했다고 해도 뮤지컬식 발성은 다르니까 헤맬 수밖에 없고, 나는 노래보다 연기에 자신 있는데 노래가 문제가 되니 모든 부분에서 잔뜩 위축될 수밖에. 사실 뮤지컬 배우라면 노래 실력은 기본적으로 갖추고 있어야 하는 건데 연습하면서 노래를 배우려고 했으니 되겠어? 혼날수록 소리는 작게 나오고 음정은 자꾸 흔들렸다. 제작사에서 그걸 모를 리 없었다. 날 선택했던 데는 여러 가지 이유가 있었겠지만 가능성을 크게 봤을 텐데 볼 때마다 불안한 모습이면 누가 좋아하겠어?

그렇게 시작 전부터 우여곡절이 많았다. 뮤지컬을 기준으로 보면 그때 난 '생'초보였으니까. 이 초보 배우가 계속 감을 못 잡으니 제작사에서 불안해하는 건 당연했다. 문제는 그 불안감이 나에게 고스란히 전달돼 나도 흔들렸다는 것이다. 자신감 넘치고 무대를 휘젓던 김호영은 온데간데없이 사라져버렸다. 내가 아무리 고등학교 시절 스포트라이트를 받던 전도유망한 청소년 배우였다고 해도, 대한민국에서 손꼽는 연극학과의 학생이라고 해도 난 아직 프로 배우는 아니었던 것이다. 그런데 내가 서야 하는 그 무대는 진짜 프로들의 무대였다. 엄청난 제작비로 만들어지고 매일 관객의 평가를 받는 무대.

게다가 그건 내 첫 번째 사회생활이기도 했다. 한번도 그런 상황에 놓여본 적도, 그런 대우를 받아본 적도 없었기 때문에 잔뜩 쪼그라들어버렸다. 여차하면 교체당할 수도 있겠다는 생각마저 들었지만 아무 말도 할 수 없었다. 내가 불안한 상태라는 건 스스로도 잘 알고 있었으니까. 그때 절감했다. 아, 사회란 이런 거구나, 학교와는 다르구나.

신경이 엄청 쓰였지만 발탁된 만큼 나도 프로페셔널해지고 싶었다. 그래서 군말 없이 열심히 연습했다. 물론 연습실에 가고 싶지 않은 순간도 많았다. 한번은 스트레스로 면역력이 떨어졌는지 장염에 걸렸는데 그걸 핑계로 쉬고 싶었다. 차가운 시선에, 내 안의 두려움에 등을 돌리고 눈을 가리고 그냥 모른 척 못 본 척하고 싶었다. 그때 엄마에게 나 너무 아파서 연습 못 갈 것 같다고, 가지 않겠다고 했더니 엄마는 그래도 가야 한다며 나를 몰아붙였다. 옥신각신 끝에 우리 엄마, 다이애나 김 여사가 던진 뼈 때리는 한마디.

"아니, 넌 가야 해. 아파도 가야 해. 아들, 그 사람들은 프로고 너는 신인이야. 그 사람들이랑 너는 당연히 비교될 거야. 비교되는 게 당연해. 그런데 그건 상대적인 거야. 다른 사람이 잘하는 것만 두드러지는 게 아니야. 넌 신인이니까 조금만 잘하면 굉장히 잘한다고 생각하게 돼. 그러니까 아파도 연습실 가서 아파."

대단하지 않은가. 우리 엄마는 아들이라면 끔찍한 사람인데 그렇게 단호하게 말하더라니까? 난 또 그 말에 설득돼서 약을 먹고 배를 움켜쥐고 연습실에 갔고, 그 이후로 무슨 일이 있어도 연습은 빼먹지 않았다. 그런데 엄마 말이 맞더라. 내가 성실하게 연습하고 눈에 보일 만큼 발전하니까 제작사에서도, 동료들도 나를 믿어주더라.

나중에 제작사 대표님이 말하길, "호영, 사회는 학교와는 달라. 이제 넌 프로가 된 거고 네가 맡은 바를 다해야 하는 거야. 경쟁은 다른 누구와 하는 게 아니라 너 자신과

하는 거여야 해. 할 수 있는 최선을 다해." 난 그 말에 얼굴이 벌게져서 고개를 숙였다. 창피한 순간이었다. 그래도 그때의 경험은 나에게 좋은 약이 됐다. 사실 요즘은 서로 쓴소리를 잘 안 하지만 그때는 그런 게 있었다. 서로 조언을 주고받고, 거기에 자극받아서 더 열심히 하고. 그런 시대였어서, 그런 쓴소리가 있어서 지금까지 발전해왔다고 생각한다. 조언은 때로 사람의 인생을 바꿔주기도 한다.

어쨌든 그 첫 경험으로 제대로 알았네? 사회는, 프로의 무대는, 적당히 봐주고 넘어가는 건 없다는 것. 밥상은 차려줘도 숟가락 젓가락은 주지 않는다는 것. 먹는 방법도 알려주지 않는다는 것. 그게 사회라는 것. 난 그때 뜻하지 않게 내 눈앞에 차려진 맛난 밥상 앞에서 좌충우돌, 눈물 콧물 쏙 빼면서 먹는 법을 배웠고 내 수저도 갖추게 된 셈이다.

그런데 그러고 나니까 다음 밥상을 기대하게 되더라고? 이제는 어떻게 먹으면 되는지 좀 알 것 같았으니까. 어쩌면 뮤지컬 배우 김호영은 그때부터가 진정한 시작이었을지도.

나보다 나를 알아봐주는 사람이 있다는 것

내가 못 한다고 생각했던 부분을
누군가가 다른 시선으로 바라봐주면 그 자리에 꽃이 피더라.
내가 전혀 생각지도 못했던 꽃이.

"호영이 시키자"

2007년 오픈한 뮤지컬 〈헤어스프레이〉 오디션이었다. 나는 그때 '시위드'라는 흑인 역할로 오디션을 봤다. 극 중에서 좀 더 주목받는 남자 배역은 다른 역이었고, 모든 여학생의 선망의 대상인 '링크'는 특히 나와는 안 어울린다고 생각했다. 이 작품에서 링크의 이미지는 뭐랄까, 나보다 키는 10㎝는 더 커야 할 것 같고 얼굴도 엄청나게 잘 생겨야 할 것 같았달까? 음… 굳이 한 사람을 떠올리자면… '아스트로'의 차은우? 그때도 내가 피부도 하얗고 매력은 넘쳤지만 그렇다고 아이돌 같진 않았으니까 링크는 할 수 없다고 생각했다. 그때나 지금이나 자기 객관화는 확실했지. 어쨌든 내게 맞는 역할에 도전하자는 생각에 시위드로 오디션을 본 것인데 목소리나 창법에서 흑인 특유의 소울이 느껴지지 않아서 떨어졌다. 그렇게 〈헤어스프레이〉는 나와 인연이 없는 모양이라고 생각했다.

그런데 오디션이 끝날 때까지 링크 역의 배우를 찾지 못했다는 이야기가 들려왔다. 짐작이 됐다. 제작진이 보기에 외모가 마음에 들면 노래나 연기가 만족스럽지 않고, 노래가 되면 연기가 마음에 들지 않고 그랬겠지. 어쨌든 제작사는 링크에 맞는 배우를 알아보느라 고전 중이라고 했다. 그러던 차에 제작사로부터 연락을 받았다. 링크 역을 해보지 않겠느냐는. 고맙긴 했지만 놀랍고 의아한 제안이었다.

알고 보니 제작사인 신시컴퍼니 박명성 대표님의 결정이었다. 긴 고민 끝에 대표님이 이렇게 말했다고 했다.

"호영이 시키자. 분명히
웬만한 배우들보다 잘 해낼 거다."

그 이야기를 듣고 진심으로 감사했다. 단순히 나를 캐스팅해줬기 때문이 아니라 나조차 주목하지 않은 내 가능성을 봐줬기 때문이다. 내가 나 자신에 대해 한정하고 있었다는 것, 스스로 이 캐릭터는 맞고 저 캐릭터는 맞지 않는다는 식으로 내 한계를 정하고 있었다는 걸 그때 깨달았다. 나는 그 경계를 넘어서려고 시도조차 하지 않았는데 누군가는 넘을 수 있다고 믿어준 셈이었다. 그 사실이 주는 기쁨이, 고마움이 컸다. 그 믿음을 실망시키고 싶지 않아서 정말, 정말 열심히 했다.

일단 외형적인 부분부터 바꿨다. 당시 연출을 비롯한 스태프 대부분이 내 데뷔 무대를 봤던 사람들이었다. 〈렌트〉의 엔젤을, 평소의 화려한 내 스타일을 알고 있었기 때문에 나에 대한 선입견이 강할 수밖에 없었다. 다행히 배우들은 한두 명을 제외하면 초면이었다. 의상이나 액세서리에서 화려함을 모두 뺐다. 대사 이외의 말을 거의 하지 않았다. 뻔하게 보이면 안 될 것 같았다. 나중에는 그 공연에서 처음 만난 배우가 나에게 "말 수도 적고 진짜 멋지다"라고 얘기할 정도로 나는 전혀 다른 인물이 되어 있었다. 그렇게 스스로 나와는 어울리지 않는다고, 할 수 없다고 단정했던 링크 역을 보란 듯이 잘 해냈다.

나조차 발견하지 못한 가능성을 누군가가 알아봐주는 것은 정말 대단한 일이다. 이때의 경험은 내게 큰 힘이 되었다. 스스로 자기 한계를 정하는 대신 내 안의 가능성을 믿게 됐다. 생각해보면 몇 년 뒤에 사람들의 편견을 넘어서서 〈킹키부츠〉의 찰리 역에 도전할 수 있었던 것도, 다양한 방면에서 두려움 없이 뛸 수 있는 것도 나를 향한 누군가의 첫 믿음이 있어서 가능했다. 지금 내가 후배들의 공연을 찾아보고, 후배들과 만나서 그들의 이야기를 들어보려고 하는 것은 그걸 경험했기 때문이다. 내가 받은 만큼, 경험한 만큼 돌려주고 싶다. 나라는 사람이 큰 영향력을 가지고 있진 않지만 발견해주고 싶다. 어쩌면 그 친구들이 보지 못한 자기 안의 가능성을.

"호이처럼 소리 내봐"

〈맘마미아〉 팀이 열흘 간 런던으로 보컬트레이닝을 가게 됐을 때 운 좋게 합류했다. 배우 한 명이 스케줄 문제로 갑자기 빠지게 되면서 그 자리를 대신하게 된 것이다. 이미 모든 일정과 프로그램이 인원수에 맞게 준비되어 있었기 때문에 사람 한 명이 비는 것보다는 채워서 가는 게 나았다. 나로서는 운이 정말 좋았던 게, 그 즈음이 목소리 때문에 스트레스를 받을 때였다. 미성의 고운 목소리를 가진 터라 여자 목소리가 난다고 자주 놀림을 받았다. 그때만 해도 남성성과 여성성을 강조했고 그걸 지금보다 당연시했다. 내심 나도 크고 굵은 센 소리를 내고 싶었다. 다양한 역할을 맡으려면 그래야 할 것 같아서 그렇게 소리 내려고 노력하곤 했다. 그런 이유로 그 트레이닝이 좋은 기회라고 생각했다.

그런데 런던에서 만난 보컬 코치가 내 목소리를 듣고는 '라이트'하다고 칭찬하는 게 아닌가! 심지어 나머지 배우들에게 "호이처럼 소리 내봐"라고 해서 더 깜짝 놀랐다. 나는 내 목소리가 약점이라고 생각했는데 누군가는 내 목소리를 듣고 '라이트'해서 좋다고 하다니! 그러니까 이건 내 개성이지 약점은 아니었다는 이야기잖아? 그때 내 목소리를 다양하게 발전시키면 되겠다는 자신감이 솟았다. 그 이후의 얘기지만 〈아이다〉에서 처음 '메랩' 역을 맡았던 2004년에도 오리지널 크리에이티브 팀에게 같은 얘기를 들었다. 이번 우리 메랩은 소리가 너무 좋은 것 같다고.

나는 자기 객관화를 엄격하게 하는 편이라서 이건 잘하지만 이건 못 해, 하며 스스로 선을 긋는 편이다. 못 하는 건 돌아보지 않고 잘하는 걸 더 잘하려고 한다. 그렇다고 해도 스트레스를 받고 주춤거리게 될 때가 있다. 그런데 내가 못 한다고 치부했던 그 부분을 누군가가 다른 시선으로 바라봐주니까 그 자리에 꽃이 피더라. 내가 전혀 생각지도 못했던 꽃이.

매듭에 걸려 넘어질 때 때로는 누군가가 그 매듭을 풀어주었다. 때때로 그런 도움을 받으며 조금씩 성장하는 게 인생이라고 생각한다. 지금까지 걸어온 길을 돌아보면 그렇게 내 매듭을 풀어주거나 푸는 방법을 가르쳐줬던 사람들이 많다. 그 덕분에 힘껏 여기까지 왔다. 무척 고마운 일이다. 아, 물론 주저앉지 않고 열심히 달려온 나 자신도 칭찬해줘야지.

일단 GO!

세상일이 다 그렇다. 겁먹지만 않으면 되는 것 같다.
그래서 지금도 무엇이든 그런 마음으로 해본다.
처음부터 완벽하게 하려고 하기보다 일단 시작해보자고.
겁먹지 말자고.

2005년에 〈갬블러〉라는 작품으로 허준호, 이건명, 정선아, 서지영 배우와 함께 한 달간 일본 9개 도시를 투어한 적이 있다. 나는 그 작품에서 1막 마지막에 등장했다가 2막 오프닝에 다시 등장해 혼자 5분가량 쇼를 하는 쇼걸 '지지' 역을 맡았다. 배우들 중 유일하게 객석에 내려가 관객과 대화하는 역이기도 했다. 일본에서의 공연이었으니 일본어로 현지 관객에게 말을 걸어야 하는데, 일본어를 유창하게 할 줄 아는 게 아니어서 내게도 부담스러운 일이었다.

간단히 일본어를 몇 마디 익혔다. 타고난 끼와 능청 덕분인지 유창하게는 아니어도 그럴듯하게 흉내를 냈다. 내가 움츠러들면 더 어색해지니까 어차피 할 거라면 미친 척하고 하는 게 낫다. 마치 내가 일본인인 것처럼, 일본어를 유창하게 할 수 있는 것처럼. 그것도 일종의 연기니까. 그러니 내가 또 얼마나 그럴듯하게 잘했겠어? 관객들이 나를 재일교포 3세쯤으로 생각했다. 공연이 열리는 지역의 방언까지 몇 마디 익혀서 흉내 냈더니 그 지방 출신이라고 믿기도 했다. 사실 그건 전부 애드리브라서 매 공연 전에 준비해야 했는데, 난 그것조차 재미있었다. 이렇게 하면 관객이 어떤 반응을 보일까, 어떻게 하면 재미있어 할까 생각해보는 것이 즐거웠다.

나중에는 일본어가 조금씩 들리기 시작했는데, 그 덕분에 동료들과 식사하러 나갈 때면 주문하는 것도 길 찾는 것도 내 몫이었다. 완벽하지 않아도 아는 단어를 최대한 활용하고 당황하지 않고 말하면 의사소통은 다 되더라.

그러고 보면 세상일이 다 그렇다.

겁먹지만 않으면 되는 것 같다. 그래서 지금도 무슨 일이든 그런 마음으로 해본다. 처음부터 완벽하게 하려고 하기보다 일단 시작해보자고. 겁먹지 말자고. 막상 발을 떼고 보면 별일 아닌 경우가 많으니까.

"그럴 수 있어, 괜찮아"

지나고 보니 알겠다.
사춘기는 대부분 누구나 겪지만
자기 자신의 치기 어림을 깨닫는 속도는
저마다 다르다는 것.

무슨 일이든 3, 4년 차쯤 되면 이제 자기가 하는 일에 대해 다 안다는 착각에 빠져 의기양양해진다고 하지. 나도 그런 때가 있었다. 스스로가 대견하고 자랑스러웠던 때가. 열정만큼은 누구에게도 지지 않는다고 생각했던, 그 열정의 크기로 실력을 재단하던 시절. 데뷔 후 몇 년이 지나 박칼린 감독님과 부딪쳤던 건 착각의 늪에 빠져 세상 물정 모르던 때였다.

나는 잘하고 있는데 왜 자꾸 내게 뭐라고 하지? 나에게 왜 그러는 거야? 음악감독으로서, 연출로서 배우에게 할 수 있는 당연한 디렉션과 코멘터리를 감정적으로 받아들였다. 그 마음을 숨기지 않고 표현했다. 감독님에게 반박하면서 그런 내가 세고 멋지다고 착각했다. (아우, 어렸다 어렸어.) 사실 이기고 지는 문제가 아닌데 그땐 내 목소리를 높였고 내 뜻대로 되면 이겼다고 생각하고 의기양양했다. 그때 감독님 눈에는 내가 얼마나 어리고 철없어 보였을까? 얼마나 당혹스러웠을까?

서른이 지나 군대에 가서 다사다난한 일을 겪으면서 비로소 그 시절의 내가 얼마나 어리석었는지 깨달았다. 그때 나 참 지혜롭지 못했구나. 그래서 면회 때 엄마가 가져온 내 휴대폰으로 칼린 감독님께 문자를 보냈다.

"선생님, 잘 지내요? 저 호영이에

요. 군 복무 중에 연락해요. 군대에 와서 나이를 먹고 이런저런 일을 겪으면서 과거 제 모습을 생각하게 됐어요. 열정만 앞서서 옆도 뒤도 안 보고 앞만 보고 날뛰던 저는 참 현명하지 못했어요. 이제 와서 정말 죄송한 마음이 드네요."

잠시 후 날아온 감독님의 메시지.
"그럴 수 있어, 괜찮아."

그럴 수 있다는 한마디에 마음이 따뜻해졌다. 일을 시작하면서 누구나 겪는 사춘기를, 이미 그 시기를 지나온 사람으로서 이해한다는 말 같았다. 지금도 고맙다. 그때의 나를 있는 그대로 받아들여줬다는 것이. 나를 깨부수거나 고치려 하지 않고 그대로 봐주었다는 사실이. 아마 그때 감독님이 권위로 나를 누르려 했거나 억지로 부러뜨리려 했다면 나는 비뚤어졌을지도 모른다. 그리고 스스로 깨닫는 기회가 없었겠지. 감독님이 있는 그대로의 나를 받아줬기 때문에 내가 스스로 정신 차리고 알을 깨고 나올 수 있었다.

지나고 보니 알겠다. 내가 겪었던 사춘기는 대부분 누구나 겪지만 자기 자신의 치기 어림을 깨닫는 속도는 저마다 다르다는 것. 그리고 그건 누가 알려주기보다 스스로 깨닫는 게 가장 좋다는 것. 선생님과 선배들만큼 후배들도 많아진 나이. 나도 이제 섣부른 조언을 하기보다 기다린다. 언젠가는 알겠지, 하는 마음으로. 물론 나도 여전히 알아가고 깨닫는 중이다.

Filmo-graphy

렌트 (2002, 2004, 2007, 2020) ⋆ 엔젤
유린타운 (2003) ⋆ 맥퀸
노틀담의 꼽추 (2004) ⋆ 안토안느
아이다 (2005~2006, 2010~2011) ⋆ 메렙
갬블러 (2005, 2008) ⋆ 지지
연극 이 (2006, 2010) ⋆ 공길
바람의 나라 (2007) ⋆ 호동
퀴즈쇼 (2009) ⋆ 유리
자나, 돈트! (2009) ⋆ 자나
피아프 (2009) ⋆ 테오 사라포
헤어스프레이 (2007) ⋆ 링크
침향 (2008) ⋆ 병구
선덕여왕 (2010) ⋆ 김춘추
베로나의 두 신사 (2010) ⋆ 발렌타인
모차르트, 오페라 락 (2012) ⋆ 모차르트
쌍화별곡 (2012) ⋆ 의상대사
라카지 (2012, 2014) ⋆ 자코브
프라미스 (2013) ⋆ 명수
프리실라 (2014) ⋆ 아담
마마, 돈 크라이 (2015, 2016) ⋆ 프로페서V
맨 오브 라만차 (2015, 2018) ⋆ 산초
거미여인의 키스 (2015, 2017) ⋆ 몰리나
로미오와 줄리엣 (2016) ⋆ 머큐시오
스페셜 라이어 (2017) ⋆ 바비 프랭클린
꾿빠이, 이상 (2017) ⋆ 이상
킹키부츠 (2016, 2018, 2022) ⋆ 찰리
광화문 연가 (2018, 2021) ⋆ 월하

〈렌트〉 (2004) © 신시컴퍼니

〈렌트〉 (2020) © 신시컴퍼니

〈아이다〉 (2005) © 신시컴퍼니

Filmography

〈헤어스프레이〉 (2007) © 신시컴퍼니

〈라카지〉 (2012) © 레드앤블루

Filmography

〈거미 여인의 키스〉 (2015) © 레드앤블루

〈모차르트 오페라 락〉 (2012)

Filmography

〈꿈빠이, 이상〉 (2014) © 서울예술단

Filmography

〈킹키부츠〉 (2018) © CJ ENM

〈킹키부츠〉 (2022) © CJ ENM

〈라카지〉 (2012) © 레드앤블루

Hoy는
공연 연습 중!

〈헤어스프레이〉 (2007) © 신시컴퍼니

〈킹키부츠〉(2016) © CJ ENM

〈렌트〉(2020) © 신시컴퍼니

〈광화문 연가〉 (2021) © CJ ENM

The Story

위대한 업적을 이루려면 꿈부터 꾸어야 한다.

김병진,
HOPE-HOPE,
11x11x27cm,
Steel & Car Paint,
2022

Oh, My Dream Note

프롤로그

스물하나에 뮤지컬을 시작했으니 사회생활을 이르게 한 셈이다. 그러다 서른 넘어 군대에 갔다. 어땠겠어? 딱 죽을 맛이지. 훈련소도 자대도 강원도 철원. 내가 살던 세상과 너무 달랐다. 하지만 나를 제일 힘들게 한 건 그런 환경도, 한참 어린 동생들과 동기로 때로는 그들보다 후임으로 지내는 것도 아니었다. 이름이 아닌 '50번 훈련병'으로 불리는 것, 좀처럼 나 '김호영'으로 있을 수 없다는 것. 그것이 정말 견디기 힘들었다. 내가 맞닥뜨린 상황이 납득이 되지 않아도 무시할 수 없고 불합리하다고 항의할 수도 없었다. 뭐 그것 말고도 군 생활이라는 게 힘든 게 한두 가지였겠어? 나는 매일 흔들렸다. 마음대로 할 수 있는 게 아무것도 없으니 화가 나도 풀 길은 없고 꾹꾹 눌러 참기만 한 마음이 결국 몸을 괴롭혔다. 열이 40도까지 올라 의무반에 실려 가기도 했다. 그런 군 생활의 변곡점이 되어준 건 예상 밖의 세 사람이었다.

세 명의 군인

첫 번째

훈련소에 입소한 지 며칠 안 됐을 때였다. 한 조교가 50번 훈련병 좀 나와보라며 나를 찾았다. 가서 보니 웬 일병이 "안녕하십니까! 동국대학교 연극학과 4*기 남궁준영입니다! 후배입니다!" 하고 큰 목소리로 인사했다. 잔뜩 움츠러든 50번 훈련병은 후배의 인사를 "아, 네" 하고 조용히 받았다. 후배는 방금 전의 기세를 지우고 말했다. "형, 말 편히 해요. 힘들면 언제든 저한테 말하고요." 그 순간 잠깐 마음이 놓였다. 그래도 이곳에 50번 훈련병이 아니라 '김호영'을 아는 사람이 있다는 생각에.

그래도 처음 2주는 넋이 나간 채였다. 좀비가 따로 없었다. 그러다 어느 순간 퍼뜩 생각났다. 아, 3주 후면 수료식이고 엄마가 올 텐데 이런 약해 빠진 모습을 보여주고 싶진 않아. 정신 차리자. 잘 지내고 있는 모습을 보여주자. 그렇게 마음먹으니 조금 살 만해졌다…라고 하면 세상 어려운 일이 어디 있겠어. 그런 생각과 다짐은 잠시였을 뿐 여전히, 계속, 몹시 죽을 맛이었다.

두 번째

"형, 힘들죠?" 작대기 두 개를 단 일병이 나를 보고 아는 척을 해왔다. 누구지? 나는 처음 보는 얼굴인데…. "저, ○○ 친구예요." 알고 보니 그는 배우 생활을 하는 대학 후배의 친구였고, 친구가 특별히 부탁했다며 나를 챙겨주기 시작했다. 이전처럼 잠깐의 위로는 됐지만 그 한 사람으로 현실의 괴로움이 말끔하게 사라질 수는 없었다. 나는 어쨌거나 여전히 50번 훈련병이었으니까.

세 번째

보직으로 받은 설거지를 하고 있을 때였다. 기운 없이 정신이 반쯤 나가서 기계적으로 수세미질을 하고 있는데 누군가가 나를 찾아왔다.

"잠깐 저 좀 보시죠."

모르는 얼굴이었고 무슨 일인지 물어볼 힘도 없었다. 잘못한 게 없으니까 혼나는 건 아니겠지 하는 마음으로 그를 따라갔다. 잠시 후 그가 내 쪽으로 몸을 돌리고 아는 체했다.

"형, 형 원래 이런 사람 아니잖아요?"

고개를 들어 그를 봤지만 누구인지 기억나지 않았다. 그는 어리둥절한 내 얼굴에 자신이 명지대학교 뮤지컬학과 학생이라고 했다. 그제야 기억이 났다. 언젠가 명지대학교 뮤지컬학과에서 열린 뮤지컬 콘테스트에서 MC를 봤던 적이 있었다. 눈앞의 군인은 그 과 학생으로 당시 행사가 끝난 후 뒤풀이에서도 함께 있었다고 했다.

"형, 쫄지 마요. 괜찮아요."

그는 나를 열심히 위로했다. 어느 날은 '호영이 형 파이팅!'이라고 쓴 종이를 손에 쥐여 주고 가기도 했다. 솔직히 조금 울컥했다. 그만큼 그때의 나는 많이 피폐한 상태였다. 한편으로는 모두 힘든 상황에서 나 혼자 이런 지지를 받는다는 게 고맙고 신기하기도 했다. 서울도 아닌 철원 훈련소에서 대학 후배를 만나고, 대학 후배의 친구를 만나고, 인연이 있던 뮤지컬학과 학생을 만나다니. 이건 대체 무슨 의미일까?

드림 노트의 시작

나는 이 일들을 기록해두었다. 내가 만나는 사람들을, 기억해야 할 일들을 적기 시작했다. 그러다 보면 이해할 수 없는 일들을 조금은 이해할 수 있을 것 같았다. 그렇게 기록을 하다 보니 훈련소에서 일어난 우연이 필연처럼 느껴졌다. 나는 어쩌면 좋은 사람들을 만나기 위해서 여기 왔는지도 몰라. 밖에서는 시간이 없어서 받지 못했던 세례도 받았잖아? 모든 게 벌어질 일이고 만나야 할 인연이고 훗날 좋은 기회가 되는지도 모르지. 너무 힘들어서 뇌가 벌인 자기합리화라고 해도 상관없었다. 어쨌든 그런 마음이 들자 좀 버틸 만했으니까. 그리고 곧 이런 생각이 들기 시작했다.

'가만있어 봐. 그럼 내가 먼저
앞으로 벌어질 일에 대해 써볼까?
우연이 필연이 될 수 있도록
원하고 바라는 걸 무조건 쓰는 거야.'

그렇게 가지고 있던 노트 맨 앞장에 제목을 써넣었다.
'호이의 드림 노트.'

드림 노트의 마법

1.

하고 싶은 일들을 노트에 적어나갔다. 어떤 보직을 받고 싶은지, 휴가 나가면 뭘 할 것인지, 나에게 얼마나 좋은 일이 일어날 것인지 쓰고 또 썼다. 그중에서도 제일 먼저 쓴 것은 '군 뮤지컬 합류'였다. 입대하기 전에 군 뮤지컬 공연이 얼마 뒤에 올라간다는 사실을 알고 있었다. 이미 10월에 입대한 친구 김무열이 훈련을 끝내고 그 팀에 합류해 있었다. 그러나 11월 말에 입대한 내가 10월 전부터 연습에 들어간 그 공연에 합류하기엔 무리였다. 공연은 이듬해 1월 8일이었고, 5주 훈련을 마쳐야 출연 자격이 주어지므로 애당초 말이 되지 않는 일이었다. 하지만 나는 그 무대에 꼭 서고 싶었다. 반드시, 기필코, 꼭! 말도 안 되는 일이었지만 그날부터 매일 드림 노트에 쓰기 시작했다.

'군 뮤지컬 합류, 무조건 이루어진다.
여기에 쓰면 무조건 이루어진다.
썼으니까 이루어질 것이다.'

매일 밤 드림 노트를 쓰던 나는 얼마 전 열이 끓었을 때 만났던 군의관의 말이 떠올랐다. 나중에도 너무 힘들면 수액 맞으러 한 번 더 오라고 했던 말을. 머릿속이 빠르게 돌아갔다. 어떤 계획 하나가 머릿속에 그려졌다. 나는 당장 다음 날 병원 방문을 신청했다.

2.

내 계획의 첫 번째는 이거였다. '수액을 맞고, 군 병원에 있는 수신자 부담 전화기를 쓰고 온다.' 훈련병은 부대 안에서 전화기를 쓸 수 없었으니까. 병원에서 수액을 맞으면서 그때 만났던 군의관에게 자초지종을 설명했다. 군 뮤지컬과 관련해서 관계자와 통화를 좀 해야 하는데 전화를 쓸 수 있게 도와달라고. 감사한 군의관. 그 또한 내가 그곳에서 만난 좋은 사람이었다.

나는 곧장 수신자 부담으로 당시 군 뮤지컬 연출이었던 이지나 선생님을 시작으로 내가 아는 뮤지컬 관계자들에게 전화를 걸었다. 사실 군 뮤지컬이기 때문에 외부의 제작자나 스태프는 연관이 없는데도 무작정 여기저기 아는 사람들에게 연락했다. 막막하고 간절한데 방법은 모르겠고, 그저 내 얘기를 들어주고 내 심정을 알아줄 수 있는 사람들을 찾아 넋두리, 신세 한탄을 한 것이다. 그들로서는 충분히 당황스러운 연락일 수 있는데도 모두 내 토로를 들어주고 받아줬다. 얼마나 고마운 일인지. (그때 답답한 마음을 들어준 신시컴퍼니의 박명성 대표님, 최은경 부대표님, 대구뮤지컬페스티벌 딤프의 배성혁 대표님, 배우 정선아… 모두 감사합니다. 내 하소연을 들어줘서 고마워요. 나중에 알고 보니 선아도 군과 아무 관련 없는 사람들에게 여기저기 연락해서 내 이야기를 했다고 한다. 다시 한번 고맙다.)

그런데 5주 훈련이 끝나고 얼마 후, 정말 기적이 일어났다. 이지나 선생님이 액팅 코치 겸 주요 배역 커버로 나를 부른 것이다! 그것이 가능했던 결정적인 이유는 알 수 없었지만 어쨌든 나는 내가 간절히 원했던 대로 군 뮤지컬에 합류한 셈이었다.

3.

현장에 가서 보니 배역을 맡은 연예인 출신 군인들 중 뮤지컬을 처음 해보는 사람들이 있었고, 아이돌이든 배우든 카메라 앞에서 노래하고 연기하는 사람들에게 뮤지컬은 낯설었을 것이다. 액팅 코치가 필요한 이유가 이해됐다. 게다가 현장에는 내가 해야 할 일이 더 많았다. 그 당시 이지나 선생님은 장면과 장면 사이에 암전을 주지 않고 무대 세트를 변형하면서 신(scene)을 바꾸는 방식으로 연출했는데 그 막간에 내가 필요했다. 선생님이 “호영, 뛰어나가!” 외치면 무대 위로 달려 나갔다. 그렇게 장면이 바뀔 때마다 나는 잠자리채를 든 순박한 아이가 됐다가, 천을 뒤집어쓴 애처로운 여인이 되었다. 뭐 어쨌든 뒤늦게 합류해서 1월 8일 무대 위에서 공연까지 할 수 있었으니, 아, 이 놀라운 드림 노트의 위력이여!

이러니 내가 어떻게 했겠어?
공연을 마치고 부대로 돌아온 뒤에 더 열심히 드림 노트를 썼지.

‘뮤지컬을 함께 한 장병들과 갈라 콘서트를 하고 싶다.
다시 한번 무대에 서고 싶다. 국군홍보지원대에 들어가
위문 열차 공연을 하고 싶다. 국군 방송에 나가고 싶다.’

쓰고 또 쓰고, 쓰고 또 쓰고.

4.

국군홍보지원대는 연예인이라고 해서 쉽게 들어갈 수 있는 곳이 아니다. TO가 있어야 하고, 가수병과 배우병으로 나뉘어 있어서 뮤지컬 배우는 명확히 어느 쪽인지 정하기가 애매했다. 어쨌든 나는 배우 파트로 지원을 했는데 그 당시 운이 좋았는지 오디션을 잘 본 덕이었는지 결과적으로는 배우 쪽 특별전형으로 합격!

하지만 배우병은 위문 열차 공연에 설 일이 없었다. 무대에 선다고 해도 MC를 보는 정도일 뿐 무대 위에서 하는 공연은 보통 가수병들의 몫이었다. 그런데 당시 국군홍보지원대 가수병 한 명이 다른 홍보 일정이 생겨 위문 열차 공연에 나가지 못하게 됐고, 그 기회가 나에게 왔다. 내가 그걸 놓칠 리 없지. 그리고 이왕 온 기회라면 제대로 살려야 하지 않겠어? 부대 밖에 있는 동료 뮤지컬 배우들에게 연락해 부탁했더니 고맙게도 모두 한달음에 달려와줬다. 나는 그 친구들과 함께 누구나 알 만한 정통 뮤지컬 인기 넘버만 골라서 신나는 무대를 만들었다. 공연 반응? 말해 뭐해. 우리가 완전히 찢어놨지!

에필로그

그 당시 드림 노트에 적었던 것들은 놀랍게도 모두 이루어졌다. 드림 노트는 그 시기에 힘겨운 시간을 이겨내고 버텨낼 수 있었던 나만의 창구였다. 드림 노트에 원하는 바를 적으면서 그 일을 해야 하는 이유가 생겼고, 할 수 있다는 용기를 얻었고, 할 수 있다는 믿음도 갖게 됐다. 사실 정말 중요한 점은 이것이다. '드림 노트에 썼으니 이 일은 이루어져야 한다'라는 믿음이 있으니 그걸 이루기 위해서 행동하게 된다는 것. 가만히 있는데 기적처럼 어떤 일이 일어나지 않는다는 걸 잘 알기 때문에 스스로 기회를 찾고 원하는 것을 이루기 위해 움직이게 되는데, 그때의 내가 딱 그랬다. 노트에 쓰는 일은 반드시 이루어져야 하니 어떻게든 했다.

훗날 전역하고 잊고 살다가 뒤늦게 노트를 다시 찾아 열어본 적이 있다. 왕성하게 이런저런 사업을 펼치던 때였다. 노트에는 내가 그 당시 하고 있던 모든 것의 키워드가 쭉 적혀 있었다. 호이, 매거진, 사업, 스타일, 패션, 컴퍼니…. 실제로 전역 후에 토크쇼 공연을 제안받았었는데 그때 정한 타이틀이 〈호이 스타일 매거진 쇼〉였어서 소름이 돋았다. 군에서의 일은 다 잊었다고 생각했는데 그 시기에 꿨던 꿈들이 무의식 속에 남아 있던 걸까? 어쨌든 자꾸 말하다 보면, 쓰다 보면, 실제로 내가 원하는 방향으로 나아갈 수 있다는 걸 드림 노트 덕분에 깨달았다. 그래서 지금도 나는 원하는 걸 자주 입 밖으로 꺼낸다.

"〈라디오 스타〉에 나가고 싶어.
〈복면가왕〉에도 나가고 싶어."

그런데 놀랍게도 하나씩 다 이루어졌지 뭐야?

이제 〈꼬꼬무(꼬리에 꼬리를 무는 그날 이야기)〉에만
나가면 될 것 같은데?

언젠가 뮤지컬 배우 김우형 형이 나에게 해준 말이 있다.
“호영아, 너 아이콘이 되고 싶다고 했지?
실제로 네가 말한 대로 되고 있어. 아니, 이미 뭔가가 됐어.
됐지만 그 상태로 더 나아가고 있는 거지.”
우형이 형 말대로 드림 노트도 Hoy도 모두 진행 중이다.
평생 진행 중!

feat. 기도는 구체적으로!

다이애나 김 여사가 항상 하시는 말씀이 있다.

“기도하려면 구체적으로 해.
기도하는 사람이 얼마나 많은데 하느님이 그걸 다 알아서 하시겠어?
저쪽도 정확히 알아야 들어주지. 부자가 되게 해주세요,라고만
하면 뭘로 부자가 되겠다는 건지, 어떻게 부자가 되고 싶은 건지
모르잖아. 그럼 시간만 더 걸린다고. 무엇으로 잘됐으면 좋겠는지,
어떻게 부자가 될 건지, 기도하는 사람의
정확한 니즈(needs)를 알아야 딱 맞게 이뤄주지.”

엄마의 가르침은 역시 대단하다. 드림 노트에 세세하게
적었던 대로 차근차근 꿈이 이루어졌으니까.

훈련소에서 썼던 첫 번째 드림노트

기적처럼 참여한 군 뮤지컬 〈프라미스〉

0219
생
축
해피호이데이
하고싶은거다해

No.

Date.

걱정하지마!

다 잘될거니까!

나 김호영 이야!

미리 걱정하지 말고, 사서 맘 고생하지 말고!

알잖아! 다 겪어봤잖아!

앞으로 내 앞에 펼쳐질 좋은 일들만을 생각하고

기대하도록 하자!

"훨훨 날아 올라야지!

정말 간절히, 구체적으로 바라면 이루어진다!

Fighting!

독보적인 호이니까!

할 수 있다고 생각하면 할 수 있다!"

안녕~

썸
좋다

Dream
Note

호이

드림
노트

나!?
알아요

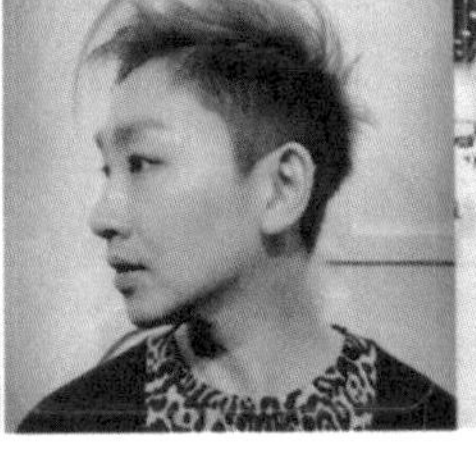

남의
행복을
빌어줘~

할수 있다고
생각하면
할수 있다.

That's
the
Point!

Drawing
your
dream.

맞아
사실이야!

stylish
hoy

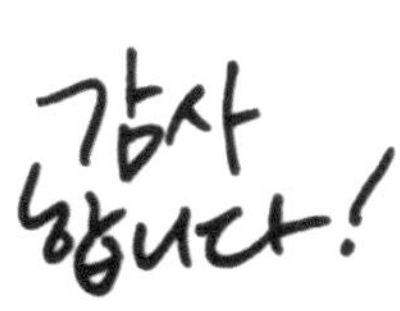

전역 후 팬들과 함께 만들었던 'Hoy 스티커'. 요즘 이모티콘과 똑같잖아? 내가 이렇게 앞서 간다니까?

Interview

세 명의 캐릭터와 함께한
배우 김호영의 특별한 기억

새로운 도전이었던 〈킹키부츠〉의 찰리,

남우조연상을 안겨준 〈라카지〉의 자코브,

시간의 파도를 느끼게 해준 〈렌트〉의 엔젤.

"이건 나의 'Step One'이었어요"

지금까지 수많은 작품에서 다양한 인물을 연기했지만 배우 김호영에게 〈킹키부츠〉의 찰리는 더 특별하다. 모두의 예상과는 다른 행보였기에.

호영 씨가 〈킹키부츠〉에 처음 합류했던 게 2016년이었죠?

맞아요. 뮤지컬을 시작한 지 15년쯤 됐을 때였어요. 터닝포인트가 필요한 시점이었죠.

고민이 많았던 시기였나 봐요.

그때쯤 내 위치가 어디쯤인지 혼란스럽더라고요. 흔히 말하는 대학로 프린스도 아니었고, 대극장 공연 캐스팅 0순위 배우도 아니었으니까. 그렇다고 뮤지컬 팬들의 절대적 지지를 받는 배우도 아니었고요. 도대체 난 어떤 배우지? 어디쯤이지? 이런 생각으로 머릿속이 복잡할 때였는데, 〈킹키부츠〉 재연을 앞두고 1차 오디션이 있던 걸 기억한 거예요. 곧장 제작사에 전화를 걸어서 찰리 역으로 추가 오디션을 보고 싶다고 했죠.

당시에 호영 씨가 롤라가 아니라 찰리 역을 한다고 해서 뮤지컬 관계자들이 의아해했었다고 하죠. 뮤지컬 팬들도 마찬가지고. 그런데 왜 찰리였어요?

그 작품은 망해가는 구두 공장을 물려받았지만 딱히 뭘 해보려는 의지라곤 없는 찰리와 화려하고 유쾌한 드래그 퀸, 롤라가 주인공이에요. 찰리가 외형적으로 댄디한 스타일이라면 롤라는 화려하고 텐션이 높죠. 김호영이라면 당연히 롤라일 거라고 생각할 거예요. 내가 여장 캐릭터를 많이 했고 워낙 화려한 스타일이기도 하니까. 하지만 롤라는 캐릭터를 조금만 봐도 알 수 있어요. 일단 체격이 좀 있어야 하고 노래에는 흑인 소울이 담겨야 해요. 목소리는 파워풀하죠. 롤라가 여장을 지우고 등장하는 장면이 있는데 그땐 롤라가 가진 남성성이 더 드러나야 하고요. 솔직히 내가 그런 목소리나 체격, 이미지는 아니잖아요? 그리고 그 작품에서 조금 더 성장하는 캐릭터는 찰리라고 생각해요. 찰리는 롤라를 만나서 인간적으로도, 능력적으로도 알을 깨고 나와요. 난 그때 찰리가 하고 싶었어요. 나에 대한 편견, 선입견을 깨고 싶었죠.

호영 씨가 찰리 역을 하고 싶다고 했을 때 제작사에서 놀라지 않던가요?

제 전화를 받았던 김은화 PD는 제 이야기를 듣자마자 괜찮을 것 같다고, 추가 오디션이 있을 거라고 했어요. 하지만 확실히 내부에서는 긍정적이지 않았나 봐요. 김호영은 찰리와 어울리지 않는데 왜 오디션이 가능하다고 했냐, 오디션 후에 탈락이라고 통보하고 나중에 다른 작품에서 만나면 서로 민망하지 않겠냐 하는. 그 반응은 충분히 이해가 됐어요. 날 믿어준 김은화 PD는 고마웠고. 김호영의 찰리에 힘을 실어준 그 당시 박민선 본부장님에게도요.

결국 찰리 역을 따내셨어요.

사실 찰리 넘버는 음역이 높은 편이에요. 제가 노래를 '기깔나게' 하는 건 아니니까 혹시라도 노래를 100% 소화하지 못했을 경우를 생각했죠. 오디션에서 연기적인 접근에서는 실수가 없도록 인물의 상황, 상태를 고려해서 연기했어요. 그러자 심사위원석에서 "이거지" "이런 거야"라는 반응이 나오기 시작하더라고요. "호영 씨, 이게 무슨 감정이지? 우리가 생각 못 한 부분인데 너무 잘 어울려요"라고 말한 분도 있었고요. 그렇게 제 오디션 영상은 뉴욕 본사로 보내졌고, 최종 승인을 받아서 '프라이스 앤드 선 구두 공장'의 찰리가 됐죠.

아무래도 주위에서 의외라는 반응이 컸던 만큼 부담이 됐을 것 같아요.

연습하는 과정에서도 캐스팅 발표가 났을 때도 김호영이 찰리를 맡은 게 이슈였어요. 누가 봐도 안 어울렸던 거죠. 나 스스로 그런 시선을 잘 알고 있었기 때문에 정말, 정말 멋지게 나의 찰리를 보여주고 싶었어요. 노래 레슨도 받으러 다녔고 옷 스타일도 찰리에 맞게 바꿨고. 진짜 잘해 보이고 싶었으니까. 하지만 여전히 의문을 갖는 사람들이 있더라고요. "너 노래 그렇게 하면 안 돼." "너 찰리 역할 제대로 못 하면 끝이야." "이거 잘 안 되면 앞으로 너 공연 못 할 걸?" 같은 말들을 했죠. 걱정이라면서 온갖 부정적인 말을 쏟아내는데 누가 좋겠어? 나도 잘하고 싶으니까 염려는 됐지만 그 사람들 말에 나를 불안으로 몰아붙이진 않았어요. 내 한계는 내가 아니까.

공연이 올라가고 실제 반응이 어땠나요?

말해 뭐해. 잘했지. (웃음) 9월 어느 날, 꽉 찬 만석이었는데, 2막에서 하늘로 떠난 아버지를 그리면서 못난 자신에 대한 원망과 자책을 담아낸 'Soul of Man'을 불렀을 때예요. 그 노래는 오디션 곡이었고, 양주인 음악감독님이 항상 내일이 없는 사람처럼 부른다며 칭찬했던 곡이었어요. 그날도 그 넘버를 혼신의 힘을 다해 불렀는데, 잠깐의 정적이 지나고 "와아!" 하고 극장이 떠나갈 듯한 함성이 터져 나왔어요. 그때의 그 짜릿함, 그 희열. 내가 정말 해냈구나 싶었죠.

호영 씨가 2022년에 〈킹키부츠〉에 합류하게 됐을 때 SNS에 이 공연, 찰리 역에 대해 이야기한 걸 봤어요. 이 작품과 이 캐릭터가 호영 씨에게 굉장히 큰 의미였구나 싶었어요.

〈킹키부츠〉는 다시 한번 나 자신을 인정하고 믿게 해준 작품이었어요. 그래서 예기치 못한 일로 이번 2022년 공연에 차질이 생겼을 때 날 떠올리고 폭우를 뚫고 찾아와준 진주봉, 김은화 PD에게 고마워요. 하지만 중요한 사실 하나는 이 작품 하나로 내 인생이 바뀔 줄 알았지만 바뀌지 않았다는 거예요. 김호영이 이런 역할도 잘한다는 걸 보여주면 뭔가 달라질 줄 알았지. 근데 또 그건 아니더라고? 받아들였어요. 그게 현실이죠. 대신 소중한 순간과 경험이 남았어요. 그리고 이제는 그런 순간을, 경험을 많이 쌓아두는 게 진짜 성공일지도 모른다고 생각해요.

찰리 넘버 중에 'Step One'이라는 곡이 있어요. '무모한 도전이라 말해도, 어쩌면 불가능하다 해도, 거칠고 험한 산을 넘어간다 해도 이건 내 스텝 원이다'라는 가사. 난 언제나 스텝 원이에요. 그다음을 누가 마련해주지 않아도 스스로 다음 스텝을 만들 거예요.

"무에서 유를 창조한, 내가 빚은 캐릭터"

프랑스 남부 휴양도시 상트로페즈의 전설적인 클럽, '라카지오폴'을 배경으로 한 뮤지컬 〈라카지〉. 김호영은 이 작품에서 '자코브' 역을 기가 막히게 소화해냈다. 실제 극중에서 작은 역할이있던 자코브는 그를 만나 새로운 캐릭터가 되어 관객의 마음을 사로잡았다.

제18회 한국뮤지컬대상에서 남우조연상을 받았던 작품이 〈라카지〉였죠?

네, 그 작품 속 자코브 역으로 상을 받았어요.

사실 자코브는 그 작품에서 큰 역은 아니었는데 어떻게 참여하게 된 거예요?

그게 지금 생각해도 섭외부터 너무 재미있어요. 어느 날 그 작품 연출이었던 이지나 선생님에게서 전화를 받았어요.

"호영, 할 얘기가 있어. 〈라카지〉라는 작품이 있는데 네가 꼭 나와야 해."

"어떤 역할인데요."

"주인공 역을 하기엔 네가 너무 어리고, 아들 역은 너랑 안 어울리잖아?"

"그럼 나는 뭘 해요?"

"자코브라는 역할이 있는데…."

"대본 주세요."

"읽지 마. 대본 읽으면 너는 안 한다고 할 거야. 네가 할 게 없거든."

"근데 왜 하라고 하는 건데요?"

〈라카지〉(2012) © 레드앤블루

"할 사람이 너밖에 없으니까."

"아니, 이게 무슨 소리야."

"근데, 자코브는 옷을 수천 번 갈아입어. 그러니까 호영이 네가 입고 싶은 옷 마음껏 입으면 돼."

이 얘기를 듣는데 솔깃한 거야. 옷을 마음껏 입는다고? 마침 영화가 있어서 찾아봤는데 비중은 작아도 재미있는 캐릭터였어요. 라카지 오폴을 운영하는 게이 커플 중 한 사람인 조지가 집사로 채용한 자코브는 스스로를 '하녀'라고 생각해요. 조지의 아내이자 가수인 앨빈을 동경하고 시종일관 화려한 옷을 입고 등장하죠. 사실 역할이 너무 작아서 주변에서는 모두 만류했지만 이지나 선생님을 믿기로 했어요. 어떻게든 나를 살려주겠지. 나도 어떻게든 살릴 수 있을 것 같았고.

하지만 그 작품에서 자코브는 주연만큼이나 주목받았잖아요?

자코브는 어떻게 보면 기본적인 틀은 있되 비어 있는 인물이었어요. 내가 직접 채우고 칠할 수 있다는 의미인 거예요. 그래서 연습하면서 직접 대본을 썼어요. 내 말투에 맞도록, 내 입에 붙게, 재미있게 대사를 집어넣었죠. 진짜 유일무이한 자코브를 만들어나가는 기분이랄까? 물론 연출가가 절 믿어줬기 때문에 가능한 일이기도 했어요. 덕분에 캐릭터를 창조한다는 즐거움이 공연 내내 나를 충만하게 했죠. 무에서 유를 창조했달까요. 주목받았던 건 그런 노력의 결과였다고 생각해요.

데뷔 이후 유독 상과는 인연이 없었으니 한국뮤지컬대상에서 남우조연상을 받았을 때 감회가 남달랐을 것 같아요.

데뷔한 지 10년이 훌쩍 지나서 받은 상이었어요. 고등학교 내내 청소년연극제 상을 휩쓸었고 데뷔 무렵에는 떠오르는 샛별이라고 주목을 받기도 했지만 뮤지컬 배우로 상을 받은 건 그때가 처음이었죠. 연극으로 시작했지만 우연한 기회로 뮤지컬 배우가 됐고 어느새 연극보다 뮤지컬을 더 오래, 많이 해왔는데 이제야 정말 이 세계에서 인정받았다는 생각이 들었죠.

그때 시상식에서 했던 수상소감 기억하나요?

"저는 남들과 다르고 독보적인 길을 가는 게 맞다고 생각합니다. 앞으로 배우로서의 김호영의 독보적인 행보를 끝까지 응원하고 격려해주십시오"였을 거예요. 지금 돌아보면 상을 받았다고 내 세상이 바뀐 건 아니었지만 그때나 지금이나 달라지지 않은 건 그거예요. 누가 뭐래도 내가 배우라는 사실. 무대를 무척 사랑한다는 것. 그날의 수상소감처럼 남들과 다르고 독보적인 길을 가고 있다는 것. 그리고 앞으로도 그렇게 갈 거라는 것.

“52만 5천 6백 가지의 배려와 사랑을”

2000년 한국 초연이었던 뮤지컬 〈렌트〉가 2020년, 20주년 기념 공연을 열었다. 2002년에 이 작품 속 ‘엔젤’ 역으로 데뷔한 김호영은 총 세 시즌을 함께 했고, 이 20주년 기념 공연에서 다시 한번 엔젤로 돌아왔다. 2002년 무대 위에서 가장 막내였으나 이제는 최고참 선배가 되어.

한국 〈렌트〉 20주년 기념 공연 중 ‘홈커밍데이’라는 이름이 붙은 공연이 있었어요.

2020년 7월 5일 공연이에요. 그 홈커밍데이 공연에는 초연에서부터 칠연에 이르기까지 〈렌트〉를 거쳐간 선배들이 와 있었고요. 그러니까 객석에 여러 명의 로저와 마크, 미미, 모린, 조앤, 콜린, 베니, 그리고 또 다른 엔젤이 앉아 있었죠. 정말 묘했어요. 과거 선배들 앞에서 가장 막내였던 내가 이제는 무대 위에서 고참 선배가 되었다는 것도, 선배들은 객석에 앉아 있고 나는 무대 위에 서 있다는 것도 뭐라고 설명할 수 없는 기분이더라고요.

그 느낌이 상상이 되지 않는데요. 시간이 뒤섞인 기분일 것 같기도 하고.

정말 그랬어요. 마지막 앵콜 곡으로 ‘Seasons of Love’가 시작될 때, 객석에 앉아 있던 선배들이 하나둘 무대 위로 올라오기 시작하는데… 선배들이 어둠 속에서 몸을 일으켜서 천천히 환한 조명 아래로 걸어 올라오는 순간, 내 눈에 그들은 로저, 마크, 미미, 모린, 조앤, 콜린, 베니, 엔젤이었죠. 선배들도 분명 그렇지 않았을까요?

찬란했던 한 시절을 함께 보낸 사람들. 각자의 무대에서 빛나던 시간이 한꺼번에 밀려오는 것 같았어요. 우리가 웃고 울고 노래하고 춤췄던 52만 5천 6백 가지의 순간이 큰 파도가 되어 나를 덮쳐오는 기분이었죠.

많은 선배들 중에 딱 눈에 들어오는 분이 있던가요?

첫 번째 파트너였던 성기윤 형이요. 형이 다가올 때 가슴이 쿵, 하며 먹먹하더라고요. 우리가 함께 공연할 때 형은 남자 출연진 중 가장 나이가 많았고 나는 가장 어렸었어요. 어쨌든 이제 막 데뷔한 신인에게 형의 존재는 큰 산이었거든요. 형은 그때 내가 무대 안팎에서 잘 적응하도록, 엔젤이 될 수 있도록 도와줬어요. 아마도 형 덕분에 뮤지컬이라는 이 멋진 세계에 잘 안착할 수 있었는지도 몰라요. 세월이 흘러서 무대 의상을 입지 않은 형 앞에서 나는 여전히 엔젤의 모습을 하고 서 있

자니 그 순간만큼은 나 혼자 그 옛날 그 시간 속에 머물러 있는 것 같기도 했죠.

〈렌트〉가 데뷔 작품이라서 더 그랬을 것 같아요. 그때 만난 선배들은 남다른 의미였을 것 같고요.

진짜 선배들에게 많이 배웠으니까요. 처음 엔젤 역을 맡았을 때 드럼을 치는 신이 있었어요. 내가 스틱으로 박자를 잘 맞추지 못하니까 그 당시 모린 역이었던 현정 누나가 나를 데려가서 같이 연습을 해주곤 했어요. 꼭 엄마가 아이 구구단 가르치듯이 천천히 기다려 주면서. 파트너였던 기윤 형도, 다른 선배들도 생초보였던 나를 뮤지컬 배우로 만들어줬죠.

말씀하신 '현정 누나'가 황현정 배우, 맞죠? 20주년 기념 공연에서 안무를 맡았던.

네, 맞아요. 20년 전과는 다른 자리에서 다른 역할을 하게 됐지만 그때 함께한 작품을 다시 함께한 셈이죠. 한번은 20주년 기념 공연 연습 중에 회식이 있었어요. 그날 돌아가면서 연습 막바지에 느끼는 감정을 한마디씩 하게 됐어요. 현정 누나가 그 자리에 있었는데, 내 차례에 누나를 보면서 이런 이야기를 했던 게 기억나요. "여기 이 자리에는 제 데뷔작을 함께 했던 현정 누나가 있습니다. 지금은 안무가이지만 그때는 모린 역을 했었어요. 누나, 〈렌트〉는 18년 전 내 데뷔작이었잖아. 그땐 내가 막내였는데 지금은 고참 선배가 됐어.

〈렌트〉(2004) © 신시컴퍼니

누나는 나의 첫 모린이고 영원한 모린이야. 누나가 지금 떠나지 않고 여기에서 나를 가르쳐 주는 게 너무 좋아. 우리가 각자 나름의 고비들을 넘기고 이렇게 현장에 함께 계속 있다는 게 정말 좋아." 내 말에 누나가 울더라고.

황현정 배우도 감회가 남달랐을 것 같아요. 호영 씨에게 고마웠을 것 같고.

말하지 않아도 알 것 같은 그런 느낌? 누나가 배우였던 걸, 무대 위에서 많이 빛나던 사람이었던 걸 누군가는 기억하고 있다는 걸 전하고 싶었어요. 그리고 지금 함께하고 있어서 정말 좋다는 것도. 꼭 배우로 함께 남지 않아도 현장에 같이 있을 수 있다는 게 좋아요. 감사하고. 화려하지만 그만큼 참 버티기 어려운 직업이에요. 그래서 현장에 오래 같이 남아 있는 사람들을 만나면 지금 이 자리에 있기까지 서로 어떻게 보내왔는지, 버텨왔는지 짐작이 돼요.

그러고 보니 호영 씨도 2022년이 20주년이잖아요. 이제 뮤지컬 쪽에서는 말 그대로 고참 선배가 됐고요. 이제는 선배로서 고민하게 되나요?

그럼요. 벌써 20년이 됐지만 나도 출발선에 섰던 때가 있었어요. 그때 정말 많은 선배들의 애정과 보살핌을 받으면서 지금의 김호영이 된 거예요. 그때 배웠던 것들을 잊지 않으려고 해요. 지금도 선배들에게 배우고 있고요. 그리고 받은 만큼 후배들에게 돌려주고 싶어요. 지금은 내가 선후배들 사이에서 허리, 그 역할을 해야 하는 위치일 거예요. 좋은 연결고리가 되고 싶고 또 많은 작품, 많은 무대에서 내가 받았던 52만 5천 6백 가지의 배려와 사랑을 다시 잘 전하고 싶어요.

City :
London

보컬 트레이닝을 위해 찾은 2003년 5월의 런던은 열흘 내내 해가 쨍쨍했다.
높지 않은 오래된 건물 위로 파란 하늘이 무대 배경처럼 걸려 있었다.
짙푸르게 맑은 하늘에 떠 있는 구름은 마치 만들어진 모조품처럼 유난히 하얬다.
하늘도 구름도 바람도 풍경도 모든 것이 다른 런던에서의 열흘은 황홀했다.
뮤지컬의 본토라는 런던에 와 있다니. 모든 순간이 꿈같았던 도시, 런던.

Les Misérables
CAFE MONICO
Les Miserables

City

QUIKSILVER
BOARDRIDERS CLUB
38
LYCEUM THEATRE
Dalston Junction
Hackney
To and from Sadler's
Free Travel Offer - details inside

173

2020년 파리 여행 중 공연을 보러 들렀던 런던에서

MUSICAL
WHATSONSTAGE AWARDS 2018
BEST
ACTOR IN A MUSICAL
BEST
SUPPORTING ACTRESS IN A MUSICAL
CRITICS'
CIRCLE 2018
MOST PROMISING
NEWCOMER
S INCLUDING
BEST
OUTSTANDING
ACHIEVEMENT IN MUS

City : Paris

2020년 1월, 마음을 달래러 갔던 파리는 마침 패션위크 기간이었다.
온 도시가 패션으로 들썩이는 시즌. 자유롭고 화려한 차림새의 나를
도시 전체가 반기는 것만 같았다. 그 분위기에 나는 또 업이 되어
한껏 꾸미고 다녔고. 마음껏 나를 표현할 때의 후련함, 즐거움, 행복.
그 모든 긍정적인 감정을 잔뜩 흡수하고 돌아왔지.
언젠가 한번은 꼭 살아보고 싶은, 언젠가는 살게 될 것 같은 도시,
내가 사랑하고 나를 사랑할, 파리.

claranet

City

City

hoy
hoy
© 서형인 MAMAcomma

Short Note

Hoylish

사람들이 성공을 말하잖아?

하지만 이 일을 20년간 해오면서 궁금해지더라.

내가 원하는 성공은 대체 뭘까?

캐스팅 1순위 배우가 되는 거?

티켓 파워가 있는 배우가 되는 거?

뭐 그것도 좋겠지만 그건 이미 아니라는 걸 알지.

성공은 마침표가 아니라고 생각해.

그건 계속 이어지는 문장 같은 거지.

끊임없이 이어지다가 그 무엇으로든

내 이름이 각인되면 좋겠어.

내가 즐거우면 되는 거야.

누구처럼이 아니라 나답게 나의 길을 만들면서.

Hoylish, 오늘도 호이스럽게! 호이답게!

〈킹키부츠〉 (2022) © CJ ENM

My Acting Style

애드리브가 없다?

사람들은 내가 애드리브를 많이 할 것 같다고 생각하지만 꼭 필요하다 싶을 때가 아니면 잘 하지 않는다. 〈라카지〉처럼 이례적인 경우를 제외하면 대본 대로 하는 편. 창작자의 의도를 훼손하고 싶지 않고, 글쓴이를 존중하기 때문에 대사 토씨 하나까지 진지하게 대한다. 고등학교 때부터 연극으로 연기를 배워서 그렇다. "호영이는 연극하던 애라 기본이 탄탄해." 여러 연출자에게 자주 듣던 이야기.

대사를 빨리 외운다?

연습할 때, 리허설을 할 때 대본을 들고 한 적이 없다. 이미 다 외워서 가니까. 집중해서 빨리 외우기도 하고, 외워둬야 몸을 쓰고 움직이기 편하기 때문이다. 연기에 집중하는 데도 도움이 된다.

대본에 노트하지 않는다?

연출자의 지시는 듣고 바로 연기로 옮기면서 익힌다. 노트(note)해놓고 나중에 보면서 연습하는 게 아니라 그 자리에서 입력하고 출력하는 것. 빨리 내 역할에 몰입하는 나만의 방법이기도 하다. 간혹 사람들은 내가 노트하지 않는 걸 의아하게 생각하기도 하지만 아는 사람은 믿어준다. 심지어 다른 캐릭터에 대한 노트까지 기억하기도 한다. 가끔은 동료들이 자판기라고 부르기도 하는데 말하면 말하는 대로, 누르면 누르는 대로 연기가 나온다고. 어렸을 때부터 순간순간 몸으로 익혀서 가능한 게 아닐까? 내 자랑 같은데 모두 사실이다?

Special Story

나, Hoy.
스스로
긍정하는 힘

내 자존감의 시작 : Madame, Diana Kim

엄마의 슈퍼스타

누가 뭐래도 나 김호영이야,라고 할 수 있는 내 자신감은 엄마에게서 나왔을 것이다. 나에게 언제나 최고라고 말해주는 사람. 나를 보고 슈퍼스타라고 말해주는 사람. 내가 뭘 하든 잘될 거라고 말해주는 사람. 엄마의 그 한마디가 얼마나 나를 일으켜 세우는지 모른다.

Diana Kim 여사의 한마디 1

"너니까 그런 역을 할 수 있지. 너니까 그 옷을 입을 수 있는 거지.
너니까 가능한 거야."

Diana Kim 여사의 한마디 2

데뷔 후 5년간은 공연 전 항상 몸이 좋지 않았는데 긴장 때문인지 스트레스 때문인지 미친 듯 아팠다. 재미있는 건 무대에 서면 통증이 사라지더라는 사실. 게다가 공연 전에 끙끙대고 있으면 언제나 다이애나 김 여사가 나타나 한마디 툭 던지고 간다.

"너 이렇게 아픈 거 보니까 이번 공연도 대박 나겠다."

이왕 붙을 거라면

초등학교 6학년 운동회였는데, 그때 우리 학교 운동회에는 '어머니 계주'라는 종목이 있었다. 말 그대로 엄마 대표들의 계주 경기. 엄마는 결혼을 늦게 해서 내 친구 엄마들보다 나이가 좀 많은 축에 속했는데도 선수로 뽑혔는데, 생각해보면 워낙 운동신경이 좋은 학부모이긴 했다. 나는 그때 응원단장이었는데 출발선에 선 엄마 표정에서 '내가 지나 봐라' 하는 어떤 자신감을 봤다.

엄마와 달리게 된 상대 팀 아주머니는 우리 동네에서 운동을 열심히 하기로 소문난 분이었다. 매일 수영을 다닌다고 했다. 운동을 꾸준히 했는지 어린 내 눈으로 보기에도 다부져 보였다. 엄마보다도 훨씬 어렸고. 그 아주머니 얼굴에도 어떤 비장함 같은 게 서려 있었다. 아, 이거 강 대 강의 싸움이로구먼? 요런 생각을 하는 순간 땅! 하는 출발 소리와 함께 준비하고 있던 두 사람이 땅을 박차고 달려 나갔다.

운동장에 있던 모두가 숨을 죽인 채 지켜봤다. 기다렸다는 듯이 바람은 불고 엄마는 성큼 앞질러 갔는데, 깜짝 놀랐다. 엄마가 왼손으로는 바람에 들썩이는 모자를 누르고 오른팔은 바람의 저항을 거스르며 풍차를 돌리듯, 힘차게 돌려댔던 것이다. 마치 부스터를 단 것처럼. 결과는? 엄마의 압승!

엄마가 빠른 건 원래부터 잘 알고 있었다. 밥 먹는 것도 빠르고 어디 갈 때면 식구들보다 먼저 신발 신고 나가 있었으니까. 뭐든 '빨리빨리'라는 걸 알고 있긴 했는데 그렇게 잘 달릴 줄은 또 몰랐다. 나이 차이가 나는, 운동을 그렇게 열심히 한다는 그 젊은 아주머니를 그렇게 이겨버릴 줄이야. 아직도 엄마가 운동장을 달리면서 오른팔을 힘차게 돌리던 모습이 생생하다.

그때 생각했다. 엄마처럼 살아야겠다고. 사실 엄마는 일부러 첫 스타트에 선 거였다. 상대 팀의 그 아주머니가 첫 번째 선수로 나온다는 걸 알고 누가 봐도 기량이 좋아 보이는 그분과 붙으려고. 이왕 붙을 거라면 경쟁이 될 만한 상대랑 붙는 거지. 쩨쩨하게 만만한 상대를 고르는 게 아니라. 좀 멋지지 않아? 엄마를 보니까 괜찮겠더라고. 엄마가 바람에 맞서서 팔을 돌렸던 것처럼 그렇게 덤비면 적어도 지진 않을 것 같더라?

●

잘 가고 있다고 생각하지만 가끔은 조급해지고 욕심이 생긴다.
엄마가 한 살이라도 젊을 때 지금보다 좀 더 잘되고 싶다.
엄마의 슈퍼스타인 아들이 세상의 슈퍼스타가 되는 걸
하루라도 빨리 보여 드리고 싶달까?
언제나 아들이 잘될 거라는 엄마의 확신은 내 삶의 원동력이다.

엄마,
엄마가 "슈퍼스타 호영!"이라고 부를 때마다 나는 정말 슈퍼스타가 돼.
그런 순간이 쌓여서 진짜 슈퍼스타가 될 것 같기도 하고.
Hoy라는 이름이 단순히 내 이름으로 끝나지 않았으면 좋겠어.
하나의 브랜드가 되어서 한국, 뉴욕, 파리… 세계로 나갔으면 좋겠고,
그래서 이왕이면 엄마가 비행기를 타고 다녀도 좋은 컨디션일 때
세계에 뻗어나가 있는 Hoy를 엄마와 함께 봤으면 좋겠어.
그래서 가끔은 마음이 좀 바빠.
하지만 그 덕분에 또 고군분투하며 열심히 살게 된다?
고마워. 잘해볼게. 엄마도 건강해야 해.

Special Story

사람도 알맞은 자리에서 잘 크는 법

"식물을 키우다 보면 해 아래에서 잘 자라는 애가 있고, 너무 뜨거우면 금방 죽는 애가 있어. 해가 좋은 애들은 해 아래 두면 쑥쑥 자라고, 그늘이 낫는 애들은 그늘에 두면 무럭무럭 크지. 얘는 왜 잘 크지 않지 싶을 때는 잘 봐봐. 그리고 그 식물에 맞는 위치로 옮겨주고 관리해주면 또 잘 자라."

우리 다이애나 김 여사님의 말씀.

맞다. 생각보다 빨리 성공한 사람들을 보면 자기에게 맞는 토양과 환경을 일찍 만난 경우다. 잘 풀리지 않는다면 그건 내가 부족해서일 수도 있지만 그보다 나에게 맞지 않는 자리에 있기 때문인지도 모른다. 그래서 결국 자기 자신에게 잘 맞는 곳을 찾아 움직이는 게 중요하다는 이야기.

외줄 타기

"형은 슬럼프가 없었어?" 종종 받는 질문인데 명확히 '슬럼프'라고 느꼈던 적은 없다. 기분이 가라앉을 때야 있지만 그거야 뭐 누구에게나 있는 일. 사는 건 다 '외줄타기'라고 생각해. 그래서 그건 늘 잘될 때 찾아오는 것 같아. 내 위치가 높아질수록 떨어질 때 체감하는 낙차가 크거든. 그럴 땐 아주 밑바닥까지 내려가는 '느낌'이 들 거라고. 하지만 어디까지나 느낌일 뿐이야. 한쪽 발이라도 줄에 안착하고 잘 버티면 바닥에 떨어져 부딪치지 않아. 무엇보다 계속 올라갈 수만은 없잖아? 올라가면 내려올 때도 있다는 걸 기억해야 해.

나는 발을 헛디딜 때 어떻게든 줄 위에서 버티고 다시 힘차게 도움닫기를 해. 그리고 종종 스스로에게 말해. 줄에서 떨어지지만 말자고. 언젠가는 상승곡선에 진입하게 되어 있다고. 그러니까 내가 해야 할 일은 내가 탈 수 있는 줄의 굵기를 키우는 것. 내 다리 힘을 키우는 것. 위로 튀어 올랐다가 떨어졌을 때 내가 발 디딜 수 있는 줄이 단단하고 굵다면 낙상하지 않아. 한쪽 발을 헛디뎌도 다른 발이 힘 있게 균형을 잘 잡을 수 있다면 괜찮아. 그러니까 나의 외연과 내면의 힘을 키워야 한다는 말이지.

다행스럽게도 내 줄은 잠시 걸터앉아 생각할 수 있는 정도의 굵기는 되는 것 같아. 이 일을 해오면서 많은 일을 해보고 겪으며 다리 힘도 좀 생긴 것 같고. 좀 더 어렸을 때는 내가 원하는 걸 다 못 이뤘다고 생각했는데 긴 시간 동안 이걸 키웠다는 생각이 들어. 줄의 굵기를 키우고 내 코어 힘을 기르는 거. 지나고 보니 그렇더라. 바닥으로 떨어졌다고 느껴질 때, 바닥이 아닐 가능성이 크더라고. 그렇게 생각할지 아닐지조차도 나의 선택이고. 그냥 다시 제로 지점이라고 생각하면 그뿐이야. 있는 자리에서 다시 뛰어오르면 되는 거야. 모든 것이 죽었다고 생각되는 겨울이 지나고 봄이 되면 다시 잎이 나고 꽃이 피듯이.

아직은 사시사철 피는 꽃

"넌 아직 어려. 지금 너무 좋은 나이야. 뭐든 할 수 있는 그런 나이야."
"어리긴 뭘 어려! 서른다섯이 어디가!"
"호영, 지금부터 10년 후를 봐."
"10년 후면 마흔 중반인데!"

마흔 중반. 생각해본 적 없던 그 나이가 현실로 다가오고 있으니 기절할 노릇이다. 서른다섯일 때 나를 보고 내 나이가 좋은 나이라고, 뭐든 다 할 수 있다고 말하는 최정원 선배에게 소리를 빽 하고 지른 적이 있다. 그런데 데뷔 20년 차가 된 지금은 선배의 말을 이해한다. 선배의 말에 동의한다. 30대 중반 언저리에서 고민하는 후배들에게 정원 선배와 똑같은 말을 하고 있다. 너희는 아직 어려! 충분히 할 수 있어! 사람은 꼭 이렇게 겪어봐야 알지.

언제였더라? 한번은 옛 기록을 살펴보다 '2005년 최고의 차세대 남자배우 뮤지컬 분야 3위'에 내 이름이 올라 있던 걸 봤다. 한창 10년 후를 바라보던 시절이었다. 20대 중반의 나에게 10년 후는 굉장히 먼 훗날이었다. 30대 중반이면 전 국민이 아는 배우가 되어 있을 거라고 생각했다. 그리고 실제로 서른여섯이 됐을 때, 나는 현실에 뒤통수를 맞고 잠시 어지러웠었지.

서른여섯의 나는 10년 전 상상한 내가 아니었다. 분명 10년 동안 누구보다 열심히 쉬지 않고 뛰어온 건 맞는데 내가 예상했던 모습으로 살고 있지 않았다. 비슷한 모양인데 아귀가 맞지 않은 퍼즐처럼 미묘하게 틀어져 있었다. 그때 '아, 나는 머리에 당근을 매달고 그 당근을 잡기 위해 달리고 또 달리기만 한 경주마였구나' 생각했다. 잠시 멈춰 서서 숨을 돌리고, 풀도 뜯어 먹고, 다른 곳의 당근도 주워 먹을 생각은 못 하고 그저 눈앞만 보며 달리기만 한 경주마였다고. 정신을 차리고 옆을 돌아보니 누군가는 나처럼 달리기만 하지 않고 중간에 쉬기도 하고 당근의 주홍빛 단 즙을 먹고 그 힘으로 다시 뛰어가고 있더라. 그 힘으로 성큼 앞서 나가 있기도 했다. 분명 나와 같이 시작했는데 아니 언젠가는 내가 조금은 더 앞질렀던 것도 같은데. 그 무렵의 나는 너무 불안했다. 잘 될까? 괜찮은 걸까? 겉으로는 오두방정을 떨면서도 머릿속엔 미래에 대한 두려움과 지나온 시간에 대한 아쉬움이 엉켜 죽을 맛이었다.

그러나 겪어야만 아는 미련한 우리에게 이 시절을 먼저 겪은 선배들이 현장에 있다는 건 축복이다. 정원 선배와 이야기를 나누던 그 자리에 함께 있었던 남경주 선배는 이런 얘기를 했다.

"그래도 호영이 너는 생각이라는 걸 하고 살잖아.
자기 상황을 객관적으로 바라보는 사람이 많지 않아.
상황을 직시한다는 건 발전 가능성이 있다는 거야."

그때 경주 선배가 해줬던 말은 큰 위로가 됐다. 상황을 직시한다는 건 발전 가능성이 있는 것이라는 말이. 이제 선배는 나에게 말한다.

"너 그때 생각나? 지금을 봐. 다 잘됐잖아."

선배, 잘된 건지는 모르겠지만 앞으로 나아가고 있는 것 같긴 해요. 여전히 가능성이 있긴 한가 싶기도 하지만 어떤 꽃은 한꺼번에 만개하지 않는다는 걸 알아요. 차곡차곡 쌓여서 하나씩 천천히 피는 꽃도 있는 거지. 그리고 이것도 알겠어요. 내 꽃밭의 꽃은 종류도 다양하고 빨강 노랑 주홍 보라 아주 형형색색이라는 거. 한꺼번에 다 피지 않고 피고 지고 피고 지는 대신 사시사철 핀다는 거.

정원 선배가 "호영아, 넌 아직 어려"라고 말했을 때 팩, 소리를 질렀지만 사실은 그때 뭐든 새로운 일을 시작해도 된다는 생각이 들었다. 그렇다면 해오던 일도 새로운 일을 시작한다는 마음으로, 처음부터 다시 한다는 마음으로 해봐도 되겠구나, 다시 승부를 걸어도 늦지 않겠구나, 하는 생각도.

저마다의 속도로, 나는 나의 속도로

뮤지컬, 드라마, 예능, 홈쇼핑, 라디오… 내가 발을 디디고 있는 분야가 끝도 없다. 하고 싶은 게 많기도 했고 이게 내 외연을 넓히는 길이라고도 생각했다. 하지만 언제나 나의 근간은 무대, 내가 가진 내 정체성은 누가 뭐래도 '배우'다.

사실 오래전부터 사람들에게 배우로 각인되길 바랐다. 최초의 열망은 그것이었다. 시작도 그랬고 뮤지컬 배우로 데뷔하기 전부터 드라마, 영화에 출연하고 싶었다. 20대에는 배우로 내가 가지고 있는 것을 무한히 펼쳐낼 거라고 생각했다. 조승우 선배나 조정석 선배처럼 무대와 브라운관, 스크린을 넘나드는 모습을 꿈꿨다. 그런데 문제는, 하고 싶은 게 너무 많았다. 내 이름을 내건 토크쇼를 하고 싶었고, 트로트 앨범도 내고 싶었다. 트로트를 잘 부르는 배우, MC를 잘 보는 배우, 뭐든 잘하는 배우가 되고 싶었던 것 같다. 결국 조승우, 조정석 선배처럼 되진 못했다. 그 대신 원하는 방향으로 가고 있는 것 같긴 하다.

저마다 꽃 피는 시기가 따로 있다는 말, 그 말을 믿는다. 예전에는 나의 이 화려함, 에너지가 사람들에게 부담스럽게 다가갔다면 요즘은 긍정적으로 받아들여지는 분위기다. 세상이 변하고 방송의 환경이 바뀌고 플랫폼도 다양해지면서 내가 꿈꾸던 일을 해볼 기회나 영역도 확장되고 있다.

가끔 후배들이 묻는다. "오빠, 열심히 하는데 안 풀려요. 너무 힘들어요." "형, 그만둘까요?" 그럴 때마다 말해준다.

"저마다의 속도라는 게 있어. 잘하고 있다고 끝까지 가란 법도 없고
늦다고 해서 못 간다는 법도 없어. 지금 힘들면 우선순위를 생각해.
무조건 배우로 돈을 벌겠다는 생각도 버려. 배를 곯아가며 연극만 하지 말고
카페에서든 고깃집에서든 아르바이트를 해. 괜찮아. 해도 돼.
절대평가로 평가받는 직업이 아니잖아. 남들이 뭐라고 하든 무슨 상관이야.
배우가 어쩌고 하는 사람들 신경 쓰지 마. 기본적으로 먹고사는 게 해결이
돼야 마음이 편해지고, 마음이 편해야 연기도 더 잘돼.
무조건 연기하면서 버티라는 말, 나는 믿지 않아.
다른 일이라도 하면서 버텨. 방향만 잃지 않으면 돼."

후배들에게 이런 이야기를 해주면서 나도 내 인생을 다시 한번 정비한다. 나에게는 왜 기회가 오지 않을까 조급해하지 않는다. 오는 중이겠지. 그러니까 나는 내 할 일, 내게 주어진 일을 하면 된다고. 그리고 기운이라는 게 있다. 가만히 있는다고 갑자기 일이 찾아오지 않는다. 계속해서 내가 여기에 있다고, 이렇게 준비하고 있다고 목소리를 높여야 한다. 그래서 나도 자꾸 움직이고 무엇이든 하고 이렇게 내가 원하는 걸 계속 말하는 거지.

현재 서울예술단 단장 겸 예술감독인 이유리 선생님도 항상 말씀하셨다. "호영! 네가 원하는 대로 '호이' 너 자체가 브랜드가 될 거야. 아이콘이 될 거야. 그러니 마음껏 발산하고 누려! 계속 앞으로 나아가!" 어때요, 유리쌤? 저 호이스럽게 발산하고 있나요? '호이 꽃'이 예쁘고 단단하게 피어나고 있나요?

@hoyhoyoung 2022.09.20

난 어릴 때 노래를 참 잘하는 아이였다. 반에서 알아주고, 학교에서 알아주고, 동네가 알아주고, 심지어는 전국 합창단 안에서도 유명할 정도로.

중학생 시절, 변성기를 아주 잘 타고 넘어가면서 소프라노로도 노래를 곧잘 했고, 중3때 처음으로 성악을 배우면서 테너 소리도 낼 수 있게 됐었다. 동국대 연극학과 특차 합격 때도 뮤지컬 〈태풍〉의 넘버와 민요를 특기로 불렀고, 오리엔테이션과 신입생 환영회 때도 노래를 부르면서 주목받았다. 그러다 친구 따라 뮤지컬 〈렌트〉 오디션에 임했다가 생각지도 않게 '엔젤'로 데뷔하게 됐다.

처음 엔젤을 할 때 힘들었다. 내가 생각한 뮤지컬과 너무도 다른 구성에 당황했고 자신감도 잃었다. 그러나 그간 쌓아온 구력으로 무대에 오르면서 신인답지 않은 면모를 보이면서 자신감도 차올랐다. 그러나 막상 노래와 연기를 업으로 삼다 보니 알면 알수록 점점 더 어렵다고 느낀 적도, 얇은 목소리에 컴플렉스를 느낀 적도 있었다.

그러다가 2003년도에 좋은 기회로 런던에서 보컬트레이닝을 받게 됐는데 뜻밖의 코멘트를 들었다. 2005년에 뮤지컬 〈아이다〉에 합격하면서 외국 스태프로부터 들은 코멘트와 같았는데, 바로 내 목소리가 '라이트'하다는 칭찬을 듣게 된 것이다. 그때부터 난 노래에, 내 목소리에 자신감이 좀 생겼던 것 같다. 비록 공연할 때 가끔은 컨디션에 따라 플랫되기도 했지만 기본적으로는 스스로 노랠 잘한다고 생각했다.

그러다가 시간이 꽤 흘러 가창력 비수기가 찾아왔다. 내 스스로 느낄 때 그 기간은 지금까지 이어지는데, 한 5~6년은 되는 것 같다. 그 사이 대체 나에게 무슨 변화가 있었을까 생각해봤다. 그리고는 깨닫게 됐다. 아…! 그 사람 때문이구나. 내가 그 사람의 말에 너무 귀를 기울였구나. 그때 그 사람의 이야기에서 당연히 맞는 말도 많았겠지만 그렇다

TAXI
PARISIEN

고 모두 맞는 말은 아니었을텐데 내가 너무 그 사람의 말을 잘 들었구나. 처음에는 트라우마, 가스라이팅이라는 단어를 되새김질하며 남의 탓을 했다.

그런데 오늘, 집에서 엄마랑 〈미스터리 듀엣〉 모니터를 같이 했는데, "노래 잘했네! 잘한다!"라는 엄마의 칭찬을 듣자마자, 갑자기 누구의 탓도 아닌 내 탓이라는 생각이 들었다. (날 '슈퍼스타 호영'이라고 부르는 울 엄마에게 처음 듣는 감격적인 칭찬도 아닌데 새삼스럽게☺) 내가 스스로를 작게 만들었구나. 누군가가 만든 것이 아니고 내가 나를 그렇게 만들었구나,라고 말이다.

호평이든 혹평이든 그건 상대방이 하는 거고 그걸 걸러서 받아들이는 건 내가 하는 것이다. 말한 사람의 잘못이 아니라 듣는 내가 처리해야 할 몫이다. 깊이 새기든 내치든 말이다. 내가 어떤 트라우마를 갖고 있다면, 가스라이팅에 가까운 경험이 있다고 생각된다면, 그것들을 부정해보자. 그런 것들로 내가 힘든 거라고 단정짓지 말아보자. 우리는 그렇게 나약한 존재가 아님을 상기하자. 그리고 나에게 좋은 말을 해주는 사람을 떠올려보자.

난 우리 엄마가 괜찮다면 괜찮은 거고
잘했다면 잘한 거다.

그대들은 누가 있나요?
나에게 힘을 주는 그분에게 마음을 전하시기를.

@hoyhoyoung 2022.09.24

누군가 나를 평가한다는 건 지극히 개인적인 취향이 반영된다고 생각한다. 이 생각 또한 지극히 나만의 생각. 직업적 특성상 정확한 숫자라는 통계로 평가받는 사람도 있겠으나, 결과도 결과지만 과정이라는 것도 무시할 수 없는 부분이기에 변수는 있다고 본다.

나 같은 경우에는 솔직히 이런 생각을 한다.
"얻다 대고"와 "수준의 차이."

나를 혹평한다면,
"'얻다 대고.' 감히 나를?!"
나를 호평한다면,
"참말로 수준 있어!"

뭐 웃자고 한 얘기긴 하지만 말하고 싶은 건, 우리 상처받지 말자구요!
내가 가끔 언급하는 "알빠쓰레빠"를 여기서도 적용하자구요☺.
물론, 남의 말에도 귀를 기울여야죠.
우리가 또 그런 걸 무시하는 사람들은 아니잖수?!
그저 내 얘긴 택도 없는 것에 휘둘리지 말자는 이야기.

자, 여러분!
오늘도 호이팅!! 합시다!

Style : Fashion

배우의 스타일

배우라면 무대 아래에서도 자기 정체성을 보여 줄 수 있어야 한다고 생각해. 연예인이라서, 셀럽이라서 유난 떠는 게 아니라 배우로서 자신을 가꾸고 만드는 작업의 일환이라고. 그래서 배우를 지망하는 학생들을 만날 때 종종 이야기하곤 해. 무대 위, 아래, 객석 어디에서든 자기만의 스타일을 발휘해보라고.

La COLOMBE

PTOWN COFFEE ROASTERS
30 WEST 8TH

Why Not?

어렸을 때부터 사극이 좋았다. 사극 속 성인, 아역 배우들이 입는 옷은 내가 입는 옷과 무척 달랐다. 금줄로 수가 놓인 색색의 한복이 그렇게 멋있을 수가 없었다. 초등학생 때는 유독 〈장녹수〉를 좋아했는데, 예쁘고 화려한 한복을 입은 기생들이 등장해 가락에 맞춰 춤을 추는 장면이 많았기 때문이었다. 어쩌면 그래서 드라마에 나오는 배우가 하고 싶었는지 모른다. 단순하게 텔레비전에 나오면, 배우가 되면 예쁜 옷을 입는구나, 하는 생각을 했으니까.

엄마에게 한복을 입고 싶다고 조르기 시작했다. 내 성화에 못 이긴 엄마가 남자아이 한복을 사다줬지만 그건 내가 생각했던 알록달록하고 화려한 한복은 아니었다. 결국 엄마는 외가에 연락했고, 충남 서산 외가에서 사촌 누나가 입던 한복을 보내왔다. 그 이후부터는 〈장녹수〉가 방영되는 날이면 사촌 누나의 한복을 입고 그 드라마를 봤다. 드라마 속 인물과 함께 춤을 추고 노래하면서.

내가 그 한복을 얼마나 좋아했느냐 하면, 한동안 집안 경조사에도 누나의 한복을 입고 가기까지 했다니까? 부모님이 그런 나를 그냥 내버려뒀냐고? 우리 부모님 반응은 딱 이거.

Why Not?

thank you

〈겜블러〉 (2005)

So What?

대학 시절 이야기. 연극이나 영상 전공 학생들이 화려할 것 같지만 대부분 수수하다. 특히 연극은 공동작업이라 여럿이 어울리는 일이 많고, 학교에서 먹고 자며 작품을 준비하는 경우가 많다. 무대 소품이며 무대 배경 같은 것들도 직접 만들어야 하니 편하고 망가져도 괜찮은 옷이 최고일 수밖에. 그래서 여름이면 티셔츠에 청바지, 겨울이면 검은색 롱패딩이 그렇게 많았다. 그 사이에서 나는 언제나 컬러풀하고 튀는 옷에 머리 색은 자주 바뀌었으니 눈에 띄었지. 연극학과 학생으로 예술을 하는 사람인데 이 정도는 해야지, 그런 마음으로 열심히 가꾸고 꾸몄다. 머리 색을 바꿀 때마다 엄마의 찬사를 받는 것도 좋았다. 엄마는 내가 무슨 색으로 염색을 하든 다 멋지다며 엄지를 치켜세워줬으니까. 하지만 학교에서 나를 보는 시선은 두 가지였다. 신기해하거나 못마땅해하거나.

하지만 뭐, So What?

나는 내 스타일을 고수했다. 나에 대한 불만은 실제로 내가 문제를 일으켜서, 작업에 방해돼서가 아니라 내가 그저 남들과 달리 튀었기 때문이다. 하지만 나는 실제로 맡은 일은 최선을 다했고 잘 해냈다. 나중에는 나에 대해 편견을 가지고 있던 선배의 사과와 인정도 받았고. 난 지킬 건 꼭 지키지만 불합리한 것까지 무조건 따르진 않는다. 그게 나인 걸 어쩌겠어?

힘 빼고 쉽게

핑크색 신발에 파란색 바지가 어울릴까? 이런 생각은 하지 않는다. 어떤 컬러든 사이좋게 지낼 수 있다고 생각하고 시작한다. 그냥 툭, 툭 걸쳐보는 것. 너무 각 잡은 것보다 힘을 빼고 툭 걸친, 편안한 게 멋스러울 때가 있다. 이렇게 말하면 다들 안 믿더라? 도대체 어디가 힘을 뺀 거냐는 거지. 아니, 정말 뺀 거라고. 내가 제대로 힘주면 큰일 날 걸? 아니, 그런 경험 해본 적 없어? 그냥 한번 입어봤는데 세상에, 너무 예뻐! 이 조합 뭐니? 맞춘 것도 아닌데 완전 딱이야! 이런 느낌, 이런 순간. 그걸 경험해보니 겁이 없어지더라고. 그래서 이것저것 매치해보게 되는 거지.

그런데 생각해보면 일도 마찬가지인 것 같다. 내가 끝내주게 해주겠어,라고 이 악물고 본 오디션보다, 잔뜩 힘을 주고 했던 연기보다, 크게 욕심내지 않고 자연스럽게, 있는 그대로의 내 모습을 보여줬을 때 더 좋은 평가를 받았으니까.

그래. 가끔은 패션도, 일도
긴장을 풀고, 힘주지 않고
툭, 덤비는 게 나을 때도 있더라.

AMMA
MIA

Style

Style : Color

New York
SUPER

COMPLEMENTARY COLOR

'보색'은 흥미롭다. 너무 부딪쳐서, 붙여 놓으면 너무 화려하거나 촌스러워서 사람들이 잘 매치하지 않는 컬러들. 하지만 극과 극은 통한다고 가끔은 그게 그렇게 멋스럽다. 그래서 가끔 일부러 보색 컬러의 아이템들을 골라서 매치해본다. 이거다, 싶은 날은 그렇게 기분이 좋고 나의 센스에 스스로 감탄하지. 한편으로는 그런 보색 컬러가 보수적이면서도 자유로운 나를 표현하고 있다고도 생각한다. 내 속엔 내가 너무도 많으니까.

STYLE
AURORA
M

PINK

유명해질수록 유명세라는 걸 겪는다. 평소에 주목받는 걸 좋아하는 나도 그럴 땐 가끔 의기소침해지기도 한다. 한번은 나답지 않게 검정 패딩에 검정 모자를 눌러쓰고 나가려고 할 때 엄마가 나를 불러 세웠다.

"호영, 모자는 핑크색으로 쓰고 가지 그래? 우리 아들은 검정보다 핑크지.
괜찮아, 엄마가 괜찮다면 괜찮아. 우리 슈퍼스타에게는 핑크가 어울려."

내게 PINK는 슈퍼스타의 컬러.

photo by 조상철

BLACK & WHITE

난 그저 컬러풀한 걸 더 좋아할 뿐 블랙&화이트를 싫어하지 않아. 그저 조금은 예상 가능한 조합이라 흥미가 덜한 건지도 몰라. 오히려 가끔 블랙&화이트로 입고 나가면 더 주목을 받는 걸? 다들 더 잘생겨졌다고, 분위기 있어 보인다고 난리라니까?

PURPLE

"무슨 색을 좋아해요?" 사람들이 자주 내게 묻는 질문 중 하나. 모든 컬러를 좋아하지만 하나를 꼽자면 아마도 보라색? 어느 날 유심히 보니까 남들은 하나도 가지고 있기 힘들다는 보라색 아이템이 나에게 정말 많더라.

LOV-E

•••

People

모든 것은
사람과 사람이 만나서
하는 일

"사람들이 MBTI를 물을 때마다 내가 EEEE라고 대답하잖아?
나의 E는 LOVE를 채우는 E에서 나온 게 아닐까 해."

에너지 총량

가끔 사람들이 묻는다. “안 피곤해?” “관계 유지하는 거 힘들지 않아?” 나의 대답은 늘 같다. “아니? 전혀.” 진심이다. 아무리 괜찮다고 해도 믿지 않아서 이해하기 쉽게 설명한다. “나는 용량이 커. 내 스마트폰이 최신형 512GB거든? 비슷한 거야. 누구는 128, 256GB일 때 난 그 몇 배가 되는 거지. 그냥 내가 최신형 스마트폰의 최고 용량이라고 생각하면 돼.”

사람마다 용량이 다르다고 생각한다. 관계를 맺는 데 쓰는 에너지 용량이 아주 작은 사람이 있고, 반면에 나처럼 엄청나게 큰 사람도 있는 법이다. 나는 정말 관계를 맺고 유지하는 일이 힘들지 않다.

방송에서도 이야기한 적 있지만 20년 전쯤 보컬 트레이닝을 받으러 런던에 갔을 때 우리가 묵었던 민박집에서 아르바이트를 하던 한국인 유학생이 있었다. 그 형과 지금까지 연락을 한다. 얼마 전에는 아이 아빠가 된 형이 가족들과 함께 내 공연을 보러 오기도 했다. 20대에 친구들과 로마에 여행 갔을 때 숙소에서 만난 누나와도 아직까지 연락하고 지낸다. 그 때 생판 모르는 남이었지만 여행지에서 만나 다음 여행지가 같다는 이유로 가까워져 오스트리아 빈에서 공연을 함께 보기도 했다.

내 인생에는 이런 인연이 정말 많다. 사람들

이 물음표를 가질 만한 인연들. 방송에서 내 폰에 저장된 전화번호가 4천 개라고 했을 때 마치 내가 전화번호 수집가라도 되는 것처럼 생각하는 사람들도 있었다. 사람만 만나면 번호를 모으는 그런. 하지만 전혀 아니다. 내 연락처 목록 속에 허투루 저장된 번호는 하나도 없다. 아주 작은 인연이라도 가볍게 생각하지 않고 놓치지 않는 성격 탓에 하나둘 쌓여간 것일 뿐.

SNS로 대중과 소통하면서 더 많은 인연이 생기고 있다. 많은 분들이 나의 에너지와 긍정적 기운에 힘을 얻고 활기를 되찾게 됐다고 감사의 DM을 보내주시곤 한다. 나 또한 감사한 일이다. 그냥 내가 나여서 할 수 있는 것들을 했을 뿐인데 좋아해주시는 것도, 나의 이런 성격이 누군가에게 긍정적인 영향을 준다는 것도 모두 감사하다. DM을 전부 확인하지는 못하지만 확실한 것은 길에서든 어디에서든 나와 마주쳤을 때 반갑게 인사를 건네준다면 누구보다 환하게 웃으며 환대할 준비가 되어 있다는 사실이다.

얼마 전 어느 식당에서 웬 남자분이 자신의 테이블로 가다 말고 내게 조심스럽게 말을 걸었다. "호영 씨! 요즘 잘 보고 있어요. 팬입니다. 혹시 사진 같이 찍을 수 있을까요?" 나는 냉큼 받아쳤다. "왜 안 돼요? 이렇게 만났는데 사진 안 찍으면 서운하지. 이왕이면 배경 좋은 데서 찍죠. 밖으로 나갈까요?"

그러니까 여러분, 나 만나면 반갑게 아는 척해줘요. 언제나 환영이에요. 난 용량이 매우 큰 사람이니까!

럭키 드로우

"다들 모였어요?"

"네!"

"다 준비됐나요?"

"네!"

"자, 뽑습니다! 행운의 주인공은…!"

이거, '럭키 드로우'를 해서 실패해본 적이 없다. 연습실, 방송국 스튜디오, 친구 모임, 심지어 관계가 소원했던, 오랜만에 함께 뭉친 혈육의 모임에서도, 어떤 자리 어떤 분위기에서도 단박에 모두의 기분을 UP 시켜주는 매직, 럭키 드로우.

다양한 분야의 일을 많이 하다 보니 관련 제품을 선물 받곤 한다. 그것도 넉넉히, 푸짐하게. 그럴 땐 시원하게 럭키 드로우를 펼친다. 어느 땐 그 자리에 맞는 선물을 더 준비해 가기도. 이왕 선물 받는 거 모두가 제대로 즐거워야 하니까. 대단한 게 있을 때도 있고 소소한 물건을 나눌 때도 있지만, 럭키 드로우는 말 그대로 갑자기 뚝 떨어진 '럭키' 같은 이벤트이기 때문에 만족만 있을 뿐 불만은 없다.

가끔 인생도 럭키 드로우가 아닐까 생각한다. 뽑아서 좋은 게 나올 수도 있지만 그냥 평범한 것, 꼭 필요하지 않은 게 내 몫이 될 수도 있는 법이다. 나는 럭키 드로우를 하는 마음으로 나에게 어떤 것이 주어져도 '럭키'라고 생각하고 기뻐하기로 했다. 이왕 사는 거 그 편이 훨씬 럭키한 인생이지.

머스트 해브, Hoy

제작사에서 '김호영은 필수 옵션'이라는 말을 할 때가 있다. "김호영이 있어야 분위기도 좋고 부드러워져. 김호영이 있어야 두루두루 잘 굴러가. 까마득한 선생님이나 선배들이 많다면 무조건 김호영이 있어야 하지." 이럴 때 쓰인다고나 할까? 나는 전체적인 분위기를 주도하기도 하고 연배가 한참 높은 선생님들과도 스스럼없이 지낸다. 그게 불편하지 않다. 내가 먼저 편하게 다가서면 선생님들도 편하게 대해주시니까. 그래서 세대 차가 나는 사람들이 모인 자리에서, 어색한 사람들이 섞여 있는 자리에서 늘 허리 역할을 맡는다. 그래서 그런가? 김호영이 작품에 있고 없고의 차이가 크다는 이야기를 많이 들었다. 나 듣기 좋으라고 한 말이라고 하기엔 너무 여러 사람이 같은 말을 했으니 사실인 걸로.

누가 시켜서 억지로 하는 게 아니고 내가 좋고 즐거워서 하는 거라서 나도 좋고 상대도 좋다. 그렇게 내 자리에서 할 수 있는 것들을 고민한다. 아주 즐겁게.

때로는 언더, 커버 위치에 있는 후배가 런을 위해 연습해야 할 때면 따로 시간을 내서 상대해준다. 그 친구가 잘해야 나도 런을 순조롭게 돌기 때문에 그 정도 시간을 내주는 건 큰 손해가 아니다. 성장할 때 잘 자랄 수 있도록 돕는 게 선배의 역할이기도 하고. 돌이켜보면 나도 신인일 때 선배들의 도움을 많이 받았다. 선배들은 연습이 끝나고도 남아서 나를 가르쳐주고 살펴봐주고 잡아줬었다. 나도 그렇게 받았으니 후배들을 돕는 건 당연한 일이다. 후배들이 미안해하기도 하는데 항상 얘기한다. 너 때문이 아니고 나를 위해 하는 일이라고. 어쨌든 상대도 나도 좋은 일이니 일거양득. 함께 해서 시너지를 내면 여러모로 좋은 일.

나의 3G에게

이지태린, 정지도우, 육지윤서.

내 전화기에 저장된 너희 이름이야. 얘들아, 누가 보면 너희들 '동방신기'인 줄 알아. 나의 절친 3G. 이지은, 정지영, 육지현. 배우의 꿈을 꾸며 함께 대학 생활을 했던 친구들. 너희가 예명, 그러니까 활동명을 지었을 때 즈음의 우리가 생각나. 다들 이름의 뒷글자를 떼고 '이지' '정지' '육지'라고 불렀었는데 거기에서 그치지 않았잖아. 이지는 '이태린'으로, 정지는 '이도우'로, 육지는 '채윤서'로 각자 배우에 어울릴 것 같은 예명을 만들었었지. 그때 우리는 세상이 우릴 향해 열려 있다고 생각했던 것 같아. 얼마나 험하고 뜨겁고 차가운지 아무것도 모른 채 말이야. 파스텔톤 세상을 그리며 꿈꾸던 시절이었지.

그렇게 너희 이름을 아이돌 이름처럼 예명과 붙여서 저장해놨는데 볼 때마다 그 시절 우리의 포부가 생각나. 그때 꿈꿨던 대로 다 이루어지진 않았지만 이지는 뉴욕에서 공부하고 대학교수가 됐고, 정지는 오일테라피스트가, 육지는 박사님이 돼서 아이들을 가르치며 살고 있잖아? 난 지금도 무척 좋다고 생각해. 각자의 자리에서 각자의 호흡으로 각자의 삶을 꾸리는 우리가 참 자랑스러워.

어쨌든 너희들 이제 이름은 그만 바꿔! 정신 사나우니까 네 글자로 끝내!

변치 않을 나의 동료, 나의 친구

이지태린
정지도우
육지윤서
호이호영

"언제 어디에서나
우리의 삶을 긍정해!"

1.

정선아와는 2002년도에 〈렌트〉로 같이 데뷔했다. 선아가 19살, 내가 21살 때였다. 열아홉, 스물하나 거기서 거기인 애송이들이었지만 그래도 내가 대학생이라고 고등학생인 선아가 동생 같았다. 한편으론 까마득한 선배님들 틈에서 나보다 어린 선아가 있어서 든든하기도 했다. 뭐 둘 다 성격상 그때도 선배들을 어려워하진 않았지만. 막내들의 동지애 같은 게 있었달까? 우리는 아웅다웅 복닥복닥하면서 남매처럼 친구처럼 매일 붙어 다녔다. 울고 웃고 싸우고 화해하기를 반복하면서. 대학 친구들이 공부하러, 일하러 해외로, 다른 지역으로 뿔뿔이 흩어진 뒤로 선아는 내 가장 친한 친구이자 동료였다.

2010년에는 〈아이다〉라는 작품을 5개월 가까이 함께 했는데, 그때 마침 같은 건물 위아래 층에 살 때라 매일 출퇴근을 같이 하면서 차가 없는 선아를 태우고 매일 분당 공연장까지 오갔다. 선아가 꼭 조금씩 늦는 바람에 나는 매일 폭풍 잔소리를 했고, 선아는 그런 내게 소리를 지르고. 어우, 난리, 난리 그런 난리가 없었지.

한번은 공연장에 대기실이 모자라 내가 선생님들과 함께 방을 쓸 때 선아가 먼저 자기

와 대기실을 같이 쓰자고 해서 남녀 배우가 대기실을 함께 쓴, 최초의 기록을 남기기도 했다. 그 당시 2회 공연이 있는 주말엔 우리 엄마가 싸준 도시락을 같이 먹고, 같이 팩도 붙이고 연습도 했다. 집도 스스럼없이 오갔고 서로 볼 꼴 못 볼 꼴 다 본 징글징글한 가족 같은 사이. 남하고 그럴 수가 있냐고? 있더라. 그게 가능하더라.

2.

내 나이 서른에 군대에 가게 됐을 때 선아는 다른 동네에 살고 있었는데 입대 전날 밤에 선아에게 연락이 왔다.

"오빠, 자?"

"안 자."

"나 집 앞으로 가도 돼?"

"늦었어. 올 거면 빨리 와."

그런데 오겠다는 애가 한 시간이 되도록 오지 않았다. 그럼 그렇지. 시간 맞춰 오면 정선아가 아니지. 일단 집 앞에서 기다리는데 택시 한 대가 멈춰 섰고, 문이 열리고 많이 보던 실루엣이 택시 안에서 내렸다. 후드를 뒤집어쓴 채 휘적휘적 내 앞을 지나는 사람은… 분명 선아였다.

"야! 어디 가?!"

내가 소리를 지르자 선아가 휙 뒤를 돌아봤는데… 통곡을 하고 있었다. 술도 잘 못 마시는 애가 와인을 잔뜩 마시고 와서는 길가에서 어찌나 오열하던지. 아니 왜 이 늦은 밤에 남의 동네에 와서 이래. 내가 진짜 미쳐. 내가 당황하거나 말거나 선아는 엉엉 울면서 주머니에서 두툼한 종이 뭉치를 꺼내 내밀었다. 내게 쓴 편지라는데 술에 취해서 글씨를 어찌나 크게 썼는지 편지지 한 장이 세 줄로 끝났다. 이래서 한 뭉치가 된 거로구먼?

"야! 너 왜 이래?"

"너 같은 애는… 우아아아아앙!"

"말을 해! 울지 말고! 뭘 이렇게 울어!"

"손은 왜 이렇게 고운 거야. 너 같은 애는 … 군대 가면… 큰일 날지도 모르는데…"

"…"

뒷얘기는 생략한다. 선아는 자기 사진을 보내줄 테니 선임에게 보여주고 잘 보이라며, 그거라도 도움이 되지 않겠느냐는 헛소리까지 했고, 얼굴이 볼록렌즈가 되도록 오열과 통곡을 거듭하다가 겨우 집으로 돌아갔다. 정말 황당하고 정신없었지만 덕분에 조금 전까지 울적하던 기분은 사라져버렸다. 고마운 일이지.

3.

12월 말, 훈련소 수료식에 선아가 우리 엄마와 함께 왔다. 한창 공연할 때였는데 김준현 배우와 컴퍼니 매니저 지영 누나도 동행해 공연 날 아침에 철원까지 일부러 와준 것이다. 훈련소 수료식에 가본 사람들은 알겠지만 똑같은 옷을 입고 똑같은 헤어스타일을 한 엇비

슷한 훈련병이 가득 모여 있다. 그중 한 명이 나였다.

그때 나는 오랜만에 엄마가 오는데 뭔가 눈에 잘 띄는 걸 하고 싶었다. 그런데 마침 수료식을 앞두고 신병 대표를 뽑았다. 각 소대에서 두 명씩 오디션을 봐서 가장 목청 큰 단 한 명이 뽑히는 것이었고 나는 있는 힘껏 소리를 내질러 결국 대표가 됐다. 그렇게 대표자가 되어 연단에 나가 선언문을 목청껏 지르며, 엄마! 호영이 여기 있어! 나 잘 있어!라고 전하고 싶었다.

수료식 당일, 아직 안개가 어스름 깔린 이른 아침, 훈련병 가족들이 모여들기 시작했다. 신병 대표로 나는 단상에 섰다. 그때 내 눈에 저 멀리 주황색 패딩을 입은 한 남자가 보였다. 김준현이었다. 칙칙한 군복 물결 넘어 주황색 패딩을 기점으로 엄마와 동생과 선아가 보였다. 당연히 내 쪽에서는 아는 척할 수 없으니 그저 눈으로만 좇았다. 그런데 그 적막만 흐르는 공간에 정선아의 부산한 몸짓과 외침이라니.

"호영아! 호영아! 김호영!"

모든 훈련병 가족이 속닥거리며 눈으로 아들을, 동생, 형을 찾을 때 오로지 정선아만 여기저기 헤집고 다니며 소리 높여 내 이름을 불렀다. 여기에서 이러면 어쩌니, 선아야. 그렇게 이리저리 헤매던 선아가 드디어 단상 위의 나를 발견했고 그 자리에 멈춰 서더니 울음을 터뜨리면서 큰소리로 외쳤다.

"어헝헝, 호영이 저기 있어!"

거기 있던 모두가 나를 주목했고, 나는 당황스럽고, 하지만 무척, 진심으로 고마웠고. 말해 뭐해. 정선아 덕분에 언제나 인생이 한 뼘 더 유쾌해지지.

점점 더 멋진 배우가,
점점 더 성숙하고 좋은 사람이 되어가는
내 친구, 내 동생, 나의 동료. 정선아.

내가 여배우였다면

내가 만약 여배우였다면 아마 내 숙명의 라이벌은 차지연이지 않았을까? 뮤지컬 〈서편제〉를 보고 차지(내가 부르는 애칭)에게 존경심이 들었다. 아니, 어쩜 저렇게 잘하지? 그렇다고 한국적인 작품만 잘하는 게 아니잖아. 〈드림걸즈〉 때는 또 어땠고! 〈위키드〉 때도! 내가 차지한테 "진짜 타고났다. 경이로워, 정말 대단해"라고 말했더니 그녀가 이렇게 대답했다.

"내가 그대를 보고 해주고 싶은 말이 딱 그거야. 자기도 그래. 경지에 있잖아."

캬! 우린 서로 보는 눈이 정확해.

차지, 계속 친하게 지내자!

언제나 선배들에게 배운다

우리나라 뮤지컬 1세대 선배들이 지금까지 우리에게 끼치는 영향은 엄청나다. 그 이후 재능 많고 실력 좋은 배우들이 많이 등장했지만 어떻게 작품을 바라보고 임해야 하는지는 지금도 선배들이 좋은 본보기가 되어 준다. 라디오, 드라마, 영화 등 방송 매체에 얼굴을 내밀기 시작한 것도 선배들이었다. 그들 덕에 뮤지컬 배우가 할 수 있는 영역이, 지평이 훨씬 넓어졌다. 뮤지컬 대중화를 열어젖힌 사람들. 정말 동상이라도 세워야 하는 게 아닐까? 나의 선배들은 그 자체로 뮤지컬의 아이콘이 됐다. 나중에 선배들 나이가 됐을 때 나도 후배들에게 그런 역할을 하고 싶다. 다양한 매체를 넘나들지만 무대 위에 서는 배우라는 정체성을 잃지 않는 좋은 본보기.

1.

가끔 '앙상블 출신'이라고 말하는 주연 배우들이 있다. 앙상블은 '주연배우의 상황을 드러내거나 사건을 고조시키는 두 명 이상의 배우들'이라고 설명하는데, 뮤지컬에서 주·조연 배우들만큼이나 중요하다. 사실 앙상블이 없으면 극 전개가 쉽지 않고 뮤지컬 넘버도 그만큼 풍성해지지 않는다. (앙상블은 소중해!) 요즘처럼 다른 분야에서 활동하다가 뮤지컬로 넘어온 것이 아니라 앙상블부터 시작해서 주연이 되어 활동하는 배우들이 '앙상블 출신'이라고들 말한다. 영화나 드라마로 치면 단역으로 시작해서 믿고 보는 주연배우가 된 케이스라고 해야겠지? 하지만 뮤지컬은 외부에서 유입되는 배우들이 워낙 많고, 이미 주·조연으로 자리 잡고 활동하는 배우들이 많아서 기회의 문이 좀 더 좁다고 해야 할까?

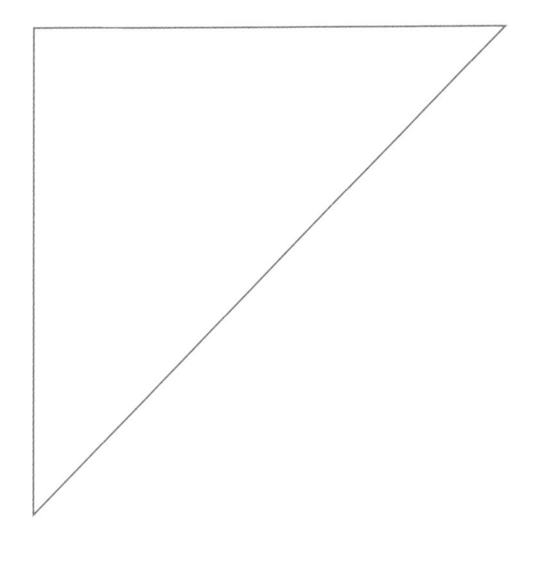

하지만 재능이 있고 준비가 돼 있다면 기회를 잡을 수 있다는 걸 삶으로 보여준 배우 중 한 명이 신영숙 누나다. 누나는 서울예술단 소속이었는데 예술단에서 주로 개성이 강한 역할을 도맡아 했고, 명품 조연으로도 유명했다. 〈로미오와 줄리엣〉의 유모, 〈사운드 오브 뮤직〉의 원장 수녀는 주인공은 아니었지만 관객을 휘어잡았다. 노래 돼, 연기 돼, 그럴만도 하지.

사실 명품 조연이라고 불리는 건 그 역할의 캐릭터 성격이 강하고 배우가 워낙 그걸 잘 살렸기 때문인데, 아이러니하게도 너무 잘해서 계속 조연을 하는 경우가 많다. 아무리 능력이 있어도 보이지 않는 어떤 경계가 있는 걸까? 이 경계를 넘어서지 못하면 자괴감이 들기도 하고 자격지심이 생기기도 해서 괴로울 수 있다. 많은 배우들이 겪는다. 그런데 영숙 누나는 지금처럼 믿보배 주연배우가 되기 전에도 늘 긍정적이었고 자신감이 넘쳤다. 뭐랄까, "나는 잘될 거야"라는 태도가 온몸에 베어 있었다고 해야 할까?

그 자신감의 원천이 늘 궁금했는데 알고 보니 누나에게는 가족들의 엄청난 정서적 지지가 있었다. 누나의 네 자매를 포함해 모든 가족들이 신영숙 '찐 팬'이었던 것이다. 누나 옆에는 누가 뭐래도 영숙이 네가 최고야,라고 말해주는 사람들이 있었다. 그때 다시 생각했다. 삶에 있어서 전폭적인 지지자의 존재가 얼마나 중요한지.

그리고 무엇보다 영숙 누나가 가진 큰 힘은 그거다. 늘 문이 열려 있는 사람이라는 것. 누나는 언제 올지 모르는 기회의 문을 활짝 열어놓고 나는 잘될 거라고 확신하고 주어진 일에 최선을 다하면서 다가올 기회를 기다린다. 늘 여유가 넘치게.

〈피아프〉(2009) © 신시컴퍼니

2.

“호영! 내가 음악극은 처음이라. 내 연기 어때? 연극적 호흡으로 잘 가고 있어?”

〈피아프〉라는 작품을 함께 할 때 최정원 선배는 나에게 수시로 물었다. 내가 연극을 했다는 걸 아는 선배는 배우로서 나를 신뢰했고 나도 솔직히 의견을 내곤 했다. 같은 공연을 하는 배우들끼리 자연스러운 일이라고 생각했는데 지나고 보니 그게 그렇지 않더라. 일단 선배가 까마득한 후배에게 자기 연기에 관해 묻는다? 후배가 선배의 연기에 대해 코멘트를 한다? 둘 다 쉽게 있을 수 없는 일이다.

같은 공연에서 이런 일도 있었다. 스태프가 배우들 이름이 적힌 공연 슈즈를 전해주자마자 선배는 주저앉아 신발 바닥에 있는 자기 이름을 열심히 지웠다.

“뭐해요?”

“이름 지워.”

“그걸 왜 지워?”

“옛날에 어느 선배 공연을 보러 갔는데 발을 들 때 얼핏 발바닥에 이름이 보이더라고.”

“연필로 적어놔서 잘 안 보이는데 뭐. 그거 열심히 보는 사람이 어디 있다고.”

“아냐, 혹시 모르니까. 몰입에 방해될 수 있잖아.”

이 사람 정말. 그러니까 정원 선배는 그 슈즈를 신는 순간, 최정원을 버리고 완벽하게 극중 인물로 들어가버리는 거였다. 그리고 객석에 앉은 단 한 명이라도 예외 없이 자신을 최정원이 아닌 ‘피아프’로 봐주길 바랐던 것이다. 선배에게는 무대를 앞두고 늘 하는, 별것 아닌 행동이었을 수 있지만 나는 신선한 충격을 받았다. 저기까지 디테일을 챙겨야 하는구나.

정원 선배와 이 공연을 함께한 이후로 나는 좀 달라졌다. 내가 못 하는 게 있으면 숨기지 않고 편하게 드러내게 됐다. 내가 노래에 약하다는 걸 인정했고, 공연을 함께 하는 후배 중 노래를 잘하는 친구가 있다면 적극적으로 의견을 물었다. 양해를 구하고 개별적으로 짧은 개인 레슨도 받았다. 정원 선배는 항상 그랬다. 좋은 무대를 만드는 게 제일 최우선. 부끄러워하는 대신 용기를 냈다. 관객이 극에 최대한 몰입할 수 있도록 온전히 작품 속 인물이 되었다. 그러기 위해서 작은 것 하나도 그냥 지나치지 않았다. 오랫동안 현장에 있을 수 있는 비결이다. 기본적인 마음가짐, 공연을 대하는 태도. 관객을 생각하는 마음.

그리고 정원 선배는 언제나 그게 누구든 상대의 좋은 점을 말해준다. 작은 장점에도, 조금만 잘해도 늘 감탄하고 호평해준다. 이번 공연 너무 좋았어, 잘했어, 참 잘한다. 선배가 공연을 보러 와준 것만으로도 고맙고 신이 나는데 칭찬 세례를 퍼부어주니 선배를 만날 때마다 내가 뭐라도 된 것 같아서 얼마나 좋은지.

3.

내가 군대에 있을 때, 감각을 잃지 말라면서 〈GQ〉 매거진을 매달 보내주신 분이 있었다. 놀랍게도 박정자 선생님이었는데, 선생님을 만난 건 2008년 연극 〈침향〉을 하면서였다. 지금 생각해보면 이 공연은 정말 캐스팅이 블록버스터급이었지. 故 김길호 선생님, 박정자, 손숙, 박인환, 정동환, 길혜연 선생님과 이경미, 성기윤, 황만익, 이지하 같은 쟁쟁한 선배들이 모두 출연했다. 난 동네 노총각 역을 맡은 막내 중 막내였지만 모든 등장인물의 대사를 전부 외우고 있었던 덕분에 간혹 선생님들이 연습에 나오지 못할 때 대신하곤 했다. 예를 들어 정동환 선생님이 못 오시면 정동환 선생님 역할을, 박정자 선생님이 못 오시면 박정자 선생님 역할을. 특히 박정자 선생님 역을 대신할 때는 선생님의 표정과 톤을 그대로 흉내 내서 모두 깔깔 웃으면서 연습을 했었다. 때때로 선생님들 수를 헤아려 주먹밥을 사 들고 가서 드리면 그게 뭐라고 그걸 또 그렇게 즐거워하셨다. 아, 그때 나 귀여움 참 많이 받았다.

그러고 보니 선생님이 〈빌리 엘리어트〉 공연하실 때 해주셨던 이야기가 기억난다. 어느 날인가 무대에서 잘 안 맞는 부분이 있어서 다음 공연 전에 미리 가서 처음부터 끝까지 다시 다 연습해봤다고. 신인도 아닌 박정자 선생님이 말이다. 경력이 몇 년이든 한 번 안 맞으면 다음에 맞겠지 하는 게 아니라 처음부터 다시 제대로 해보는 그 대가의 태도. 고개가 겸허히 숙여질 수밖에 없다.

언젠가 이런 말씀도 하셨다.

“우리는 살아내는 거야. 버텨내는 거야.”

선생님은 본인도 지금까지 버텨내고 있다고 하셨다. 연극 인생 60년인 선생님이 그런 말씀을 하시다니. 누군가의 힘들다는 투정에, 다 지나가는 일이야, 그 나이 때는 다 그래, 같은 뻔한 대답이 아니라 "살아내는 거야, 버텨내는 거야"라니. 자기 일이 여전히 현재 진행형인 사람만이 할 수 있는 표현. 다시 한번 배운다.

4.

"여기가 낮이면 이 장면도 낮인 게 맞아."

남경주 선배의 학구열을 누가 이기겠어. 선배만큼 작품 공부하는 사람을 못 봤다. 아니 무슨 배우가 장면 타임라인까지 체크해? 번역극이면 장면이 교차할 때 시제가 엉킬 때가 있다. 분명히 이어지는 이야기인데 낮이었다가 갑자기 밤이야. 어제였는데 갑자기 오늘이 되고 뭐 그런 것이다. 그런 문제가 생기면 경주 선배는 원작까지 뒤져 보면서 장면의 타임라인을 정확하게 정리하고 연습을 시작한다. 자기 역할만이 아니라 작품 전체를 보는 것이다. 사실 배우가 그런 디테일까지 보기 쉽지 않지. 자기 거 하기에도 벅차거든. 아우, 선배, 뭘 그렇게까지 해요, 하면서도 배운다. 선배만큼은 못 해도 내 것만 보지 말고 전체를 보자고. 작품의 완성도를 위해서 전체를 아울러 보자고.

사실 영숙 누나, 정원 선배, 경주 선배뿐만이 아니다. 박정자 선생님을 비롯한 많은 선생님들, 선배들(하나하나 이름을 언급하지 못하는 건 너무 많아서. 그러니 서운해하지 말기를. 언젠가 내가 그 이름을 다 부르는 날이 있을 거야)에게서 배우는 건 그거다. 작품에 임하는 마음가짐. 작품을 대하는 태도. 배우의 자긍심. 함께하는 동료들을 생각하는 배려. 그런 건 학교에서도 가르쳐주지 않더라. 지금까지 현장에서 선배들로부터 보고 듣고 배워왔다. 20년 차가 된 지금도 배운다.

모든 것은 사람이 하는 일

한참 회사를 구하던 때였다. 그전까지는 혼자서 움직였었지만 활동 영역을 조금씩 넓힐 때라 회사가 필요하겠다고 생각했다. 함께 성장할 가능성을 살피며 몇몇 회사를 만나봤다. 대부분 나의 활동 영역에 대해, 내가 하고 싶은 일들에 대해 듣고 나면 산만하다고 했다. 한 분야에 집중하지 않고 너무 이것저것 많이 한다는 식이었다. 소득 없는 만남이 계속되던 끝에 어느 한 곳과 계약을 해보자고 이야기가 오갔다. 적어도 나를 이해하려고 노력하는 곳이었다.

지인의 소개로 이정일 대표를 만난 건 미팅 릴레이의 거의 마지막이었다. 이미 구두상 계약에 관한 이야기가 오가는 곳이 있었기에 큰 기대 없이 가벼운 마음으로 미팅 장소에 나갔다. 약속 장소에 도착해서 한 바퀴 빙 둘러보는데 한 남자가 나를 보고 일어섰다. 엔터테인먼트 업계에 종사하는 사람의 인상이 아닌데…. 이쪽 일이 일이다 보니 연예인이 아니라도 특유의 화려하고 강한, 센 느낌이 있다. 그런데 눈앞의 인물은 대학원생이나 연구원 같은 느낌이었달까? 전형적인 느낌이 아니라서 더 호감이 갔다.

모든 미팅 때 했던 이야기를 다시 한번 했다. 뮤지컬, 드라마, 영화, 예능, 사업 등 내가 하고 싶은 일들에 대해서. 배우라고 연기만

하고 싶지는 않다고. 트로트, 유튜브, 홈쇼핑 등 하고 싶은 게 많고, 이러저러한 일들을 해왔다고. 예상 밖의 반응이 돌아왔다. 이 사람은 내가 가진 것들을 장점으로 봐줬다. 내가 펼쳐 놓은 카드들이 전부 좋은 패라고 느끼게 해주는 사람이었다. 아, 이 사람과는 비즈니스적으로 관계가 정리되어도 인간 대 인간으로 오래 가겠구나. 나는 더 길게 고민하지 않고 그의 손을 잡았다.

실제로 그를 만나고 MBC 〈복면가왕〉 〈라디오 스타〉에 출연하게 됐고, 두 프로그램이 시기적으로 맞물리면서 주목받았다. 그렇게 뜻하지 않게 예능 쪽으로 나의 길 하나가 툭 제대로 물꼬가 터졌다. 그때 그런 생각이 들었다. 이런 게 사람과 사람의 인연이고 궁합인가? 지금 생각해보면 모두가 나보고 아니라고 할 때, 그렇게 중구난방으로 해도 되겠느냐고 할 때, 그는 진심으로 나의 선택과 나의 비전을 믿고 지지해주었고 함께 달려주었다. 고마운 일이다.

지금에 와서 돌이켜보면 나의 재능이 전부가 아니라 좋은 사람과 만나서 합이 맞았다고, 그래서 뭔가가 이루어지는 거라고 생각한다. 모든 것이 사람과 사람이 만나서 하는 일이다.

Scene

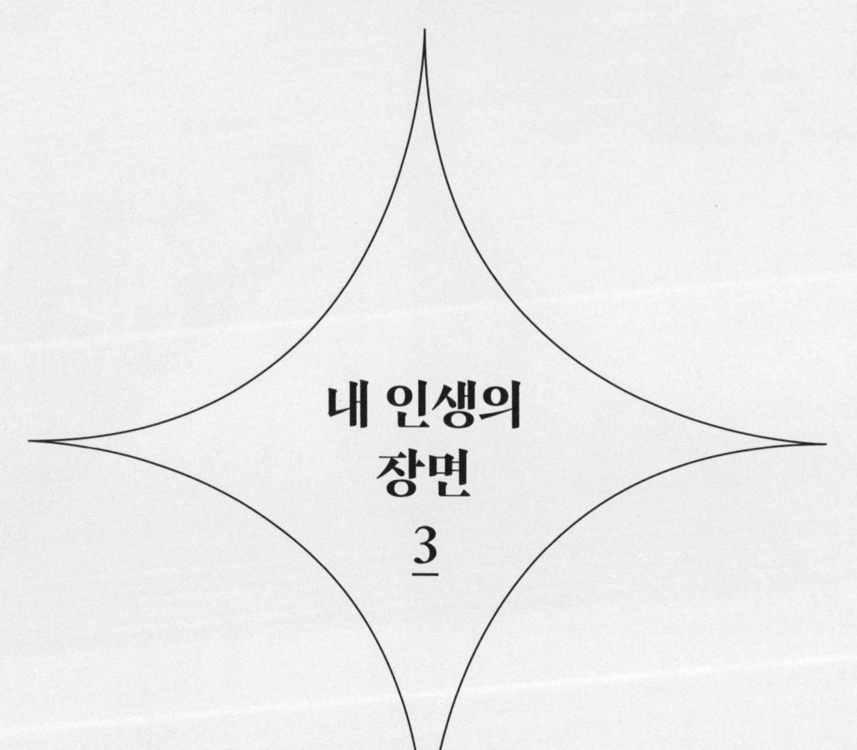

내 인생의 장면 3

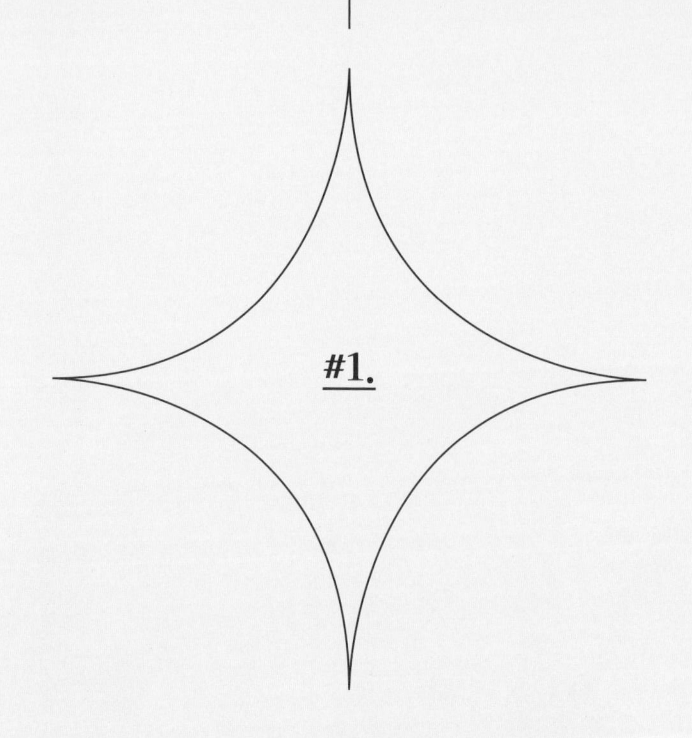

#1.

중학교 3학년 때 외할아버지 발인 날.

외할아버지의 운구차 뒤로

깜빡이를 켜고 조용하게 따라오던 택시 행렬.

중학교 3학년, 외할아버지가 돌아가셨을 때였다. 발인 날, 할아버지의 운구차 뒤로 택시들이 줄지어 깜빡이를 켜고 조용히 뒤따랐다. 외할아버지가 운영하셨던 택시 회사의 택시들이었다. 할아버지가 가시는 길을 택시 기사님들이 배웅해주신 것이다. 할아버지가 생전에 어떻게 살아오셨는지 충분히 알 수 있었다. 그 장면이 아직도 생생하게 뇌리에 남아 있다.

기억을 되짚어 보면 어린 시절 보았던 할아버지는 그 누구도 하대하신 적이 없다. 나이가 많건 적건, 직급이 높건 낮건, 무슨 일을 하건 늘 상대를 존중하며 대하셨다. 가장 늦게까지 함께 살았던 딸, 다이애나 김 여사의 아들인 나를 참 예뻐해주셨던 할아버지. 택시들이 깜빡이를 켜고 길게 줄지어서 할아버지가 가시는 길을 에스코트해주던 그 모습은 인간의 마지막이 어떠해야 하는지 말해주고 있었다. 그때 결심했다.

좋은 어른이 되어야지. 선하고 올바르게 살아야지.

무해한 사람이 되어야지. 그렇게 살아야지.

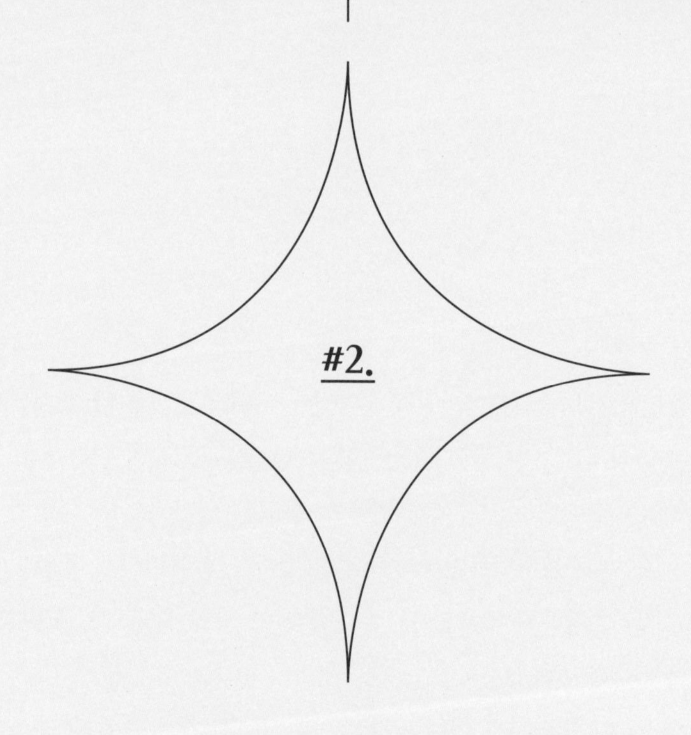

"멋진 모자를 쓰고 근사하게 갖춰 입은 노인들,
턱시도에 나비넥타이를 한 아빠와 아들,
한껏 우아하게 차려입은 아가씨들."

오스트리아 빈에서 국립 오페라 공연을 본 적이 있다. 오페라는 처음이었고 오페라 극장에 대한 애티튜드나 규정도 모른 채였다. 단순한 호기심과 경험해보자는 마음으로 저렴한 티켓을 끊고 국립 오페라 극장을 찾아갔다. 그런데 눈앞에 예상하지 못한 풍경이 펼쳐졌다. 멋진 모자를 쓰고 근사하게 갖춰 입은 노인들, 턱시도에 나비넥타이를 한 아빠와 아들, 한껏 우아하게 차려입은 아가씨들. 옷차림과 표정만으로도 공연을 보는 사람들의 태도를 느낄 수 있었다. 객석에 앉아 있지만 관객 자신도 그날 공연의 한 일원이라는 자부심이 느껴졌다고 해야 할까? 문화를 즐긴다는 건 이런 것이구나. 나야 원래부터 차림

새에 신경을 많이 쓰는 편이지만 빈에서의 경험 이후 내가 관객이 될 때 어떤 공연인지에 맞춰서 좀 더 신경 써서 입게 된다.

한번은 오래전 공연을 마치고 나왔을 때였다. 어떤 관객이 나를 붙잡고는 다짜고짜 물었다. “어제 공연과 오늘 공연이 다른데 뭐가 달라진 걸까요?” 그때 나는 이렇게 대답했다.

“보는 분의 상황이나 마음이 달라진 게 아닐까요? 오늘 기분이 좋으셨나요?”

하는 사람의 컨디션뿐만 아니라 보는 사람의 마음도 컨디션도 중요하다. 기분이 나쁘거나 피곤하면 무대 위 배우의 노래도, 대사도 잘 들리지 않는다. 기분이 좋으면 무대 위에서 벌어지는 작은 실수도 함께 웃어넘길 수 있다. 관객과 배우의 합이 맞는 순간이다.

뮤지컬이든 연극이든 오페라든 공연을 본다는 건 다른 세계로 입장하는 일. 무대는 환상을 실현하는 공간, 공연이 진행되는 몇 시간은 배우도 관객도 그 환상 속에 있는 셈이다. 배우는 관객이 그 환상에 잘 진입하도록, 최대한 그 순간을 즐길 수 있도록 극중 인물이 되어 무대 위에서 모든 것을 쏟아붓는다. 그러니 관객 역시 공연을 보러 올 때만큼은 일상을 잠시 공연장 밖에 두고 와도 좋지 않을까? 일단 옷차림부터 일상과는 다르고 특별하게? 그 작은 일 하나가 조금 더 좋은 기분으로 공연을 볼 수 있게 해주지 않을까? 배우들과 함께 좋은, 재미있는 공연을 만들 수 있지 않을까?

연극의 3대 요소 중 하나가 관객일 만큼
관객은 공연의 한 부분을 차지한다.
배우가 공연할 때 공연 의상을 갖춰 입고 무대에 오르듯이
관객도 마찬가지라고 생각한다.
어쩌면 공연을 보러 가는 날 입고 갈 의상을 고르는 순간부터
공연에 참여하고 있는 것인지도 모른다.

〈라카지〉(2012) © 레드앤블루

Scene

〈곤빠이, 이상〉 (2014) © 서울예술단

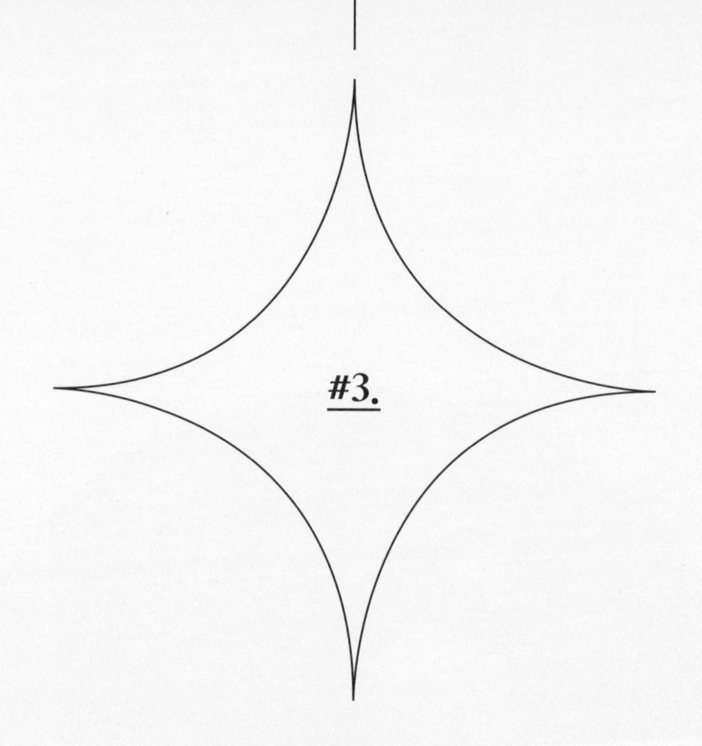

"지금도 생생하게 기억난다.

로마에서 친구들과 엇갈림을 반복하고 만났던 순간."

To. 이지, 정지!

우리 20대에 유럽 여행 갔던 거 기억하지? 우리 로마에서 엄청 글로벌했었잖아. 나와 정지는 서울에서 출발했고, 이지는 뉴욕에서 날아와 로마에서 만나다니. (육지는 그때 개인 일정으로 함께하지 못했다. 지금도 아쉬워!) 정지와 내가 '다음 카페'에서 소개받은 한인 민박집에 짐 풀고 뉴욕에서 오는 이지 만나러 테르미니역에 갔을 때 이지와 계속 엇갈렸는데 숙소와 역을 몇 번을 오가다 그 길에서, 현지인과 관광객이 섞인 그 혼잡한 곳에서 우리 딱 마주쳤잖아? 나 그때 약간 슬로모션으로 우리만 천천히 움직이는 것 같았다? 대학 캠퍼스에서 함께 깔깔대던 우리가 서울과 뉴욕과 로마라니. 생경하면서도 왠지 모르게 뿌듯했어.

우리 그때 정말 오랜만에 만나는 거였는데도 함께 있으니 시간의 공백이 느껴지지 않더라. 학교 다닐 때처럼 웃고 먹고 걷고 쇼핑하고, 시간 가는 줄을 몰랐지. 로마에서 밀라노로 가던 날에는 이지가 속이 안 좋다고 해서 내가 열 손가락 다 따줬던 거 기억해? 정지도 몸이 좋지 않았잖아. 혹시 몰라서 민박집에 있던 맨밥에 멸치와 김을 싸서 챙

우리 정말 만남과 헤어짐이 반복되고 있어.

만나면 반갑고 기뻐.

헤어질 때는 아쉽지만 슬프지 않아.

같은 길을 걷고 있지 않아도 언제나 너희의 삶을,

너희가 가는 길을 응원해.

겨 나갔고. 밀라노 가는 열차에서 배고파서 그거 엄청 맛있게 먹었었지? 비록 피렌체 길바닥에 다 쏟아내긴 했지만.

나 지금도 그 시간들을 떠올리면 참 꿈같아. 그때 정말 그런 생각이 들더라. 아, 이제야 우리 진짜 어른이 됐구나, 하는. 긴 여행을 하고 각자 다른 삶을 살고 낯선 곳에서 재회하고. 그렇게 함께하다 다시 또 각자의 일상으로 돌아가고. 앞으로 이런 만남과 헤어짐이 반복되겠구나 싶었는데 그게 슬프지 않았어. 그리고 그건 왠지 어른이 할 수 있는 일 같았지. 사실 배우라는 직업을 가지게 됐고, 돈을 벌고, 사회생활을 하고 있는데도 그때 난 내가 어쩐지 아직 덜 자란 것만 같았거든. 아직 세상 한복판에 홀로 서 있다는 걸 실감하지 못했다고 해야 할까? 그런데 그때 로마에서 너희를 만나고 함께하고 헤어진 뒤, 서울에 돌아오고 나서야 내가 조금은 어른이 됐다고 느꼈어.

생각해봐. 우리 정말 만남과 헤어짐이 반복되고 있어. 만나면 반갑고 기뻐. 헤어질 때는 아쉽지만 슬프지 않아. 같은 길을 걷고 있지 않아도 언제나 너희의 삶을, 너희가 가는 길을 응원해. 고마워, 내 친구들.

Note

완벽주의

완벽하지 않지만 완벽하게 보이려고 노력해.

순간 집중력

나는 순간 집중력이 좋다.

빠르게 캐치하고 재빨리 무언가를 만들어내는 걸 잘한다.

긴 호흡으로 꾸준히 하는 건 어렵다.

호기심도 많고 좋아하는 것도 많아서.

뭘 배우면 처음 몇 번으로 어떻게 하면 되는지 눈치를 채고

빠른 이해력에 칭찬받고

그러다 흥미가 떨어지면, 됐어, 이건 여기까지! 하는 편이지.

그래서 하고 싶은 말이 뭐냐고?

골프도 테니스도 여전히 초보라는 이야기.

삭제 차단 삭제 차단

연예계 쪽 일을 하다 보면 실제 사건 사고뿐만 아니라 입방아에 오를 일이 정말 많다. 아니 땐 굴뚝에 연기 나냐고? 날 수 있다. 그것도 아주 활활! 엄청나게! 하지도 않은 일이 한 일이 되기도 하고 아,라고 말했는데 어,라고 기사가 나기도 하고. 연예 기사에 오르내리면서 좋은 일 안 좋은 일 좀 겪어봤겠어? 이제는 웬만한 일로는 크게 흔들리지 않는다. 그래도 사람은 사람이니까 아무렇지도 않은 건 아니다. 돼지 삼 형제가 벽돌로 집을 지었다고 생각해봐. 아무리 튼튼하게 지었다고 한들 강풍이 불면 건물이 무너지진 않아도 창문은 흔들리잖아? 그런 영향까지 피할 수는 없는 거지. 그럴 때마다 내가 신경 쓰이는 건 단 하나. 엄마가 신경 쓰는 거. 내 가족이 마음 아픈 거. 가까운 지인들이 걱정하는 거. 그것만 아니면 무슨 문제가 되겠어. 내 SNS로 수없이 날아 들어오는 악성 댓글이 그토록 많다고 해도.

무플보다 악플이 낫다고는 하지만 비난과 비아냥, 욕설 같은 걸 계속 듣다 보면 좋을 수는 없어. 그럴 땐 나만의 방법을 써. 가볍게 검지를 들고 반복하는 거야. **삭제, 차단, 삭제, 차단, 삭제, 차단.** 굳이 싸우지 않아. 나에게 도움되는 이야기도 아니고 내가 좋아하고 인정하는 사람에게 받는 피드백도 아니니까. 좋을 수 없지만 더는 신경 쓰지 않는 거야. 그게 내 정신 건강에 좋아.

말은 뒀다 뭐해?

스트레스를 엄청 받으면서도 속으로 끙끙대는 지인들과 동료들에게 소리친다.

"뱉어내! 털어내! 쏟아내!"

난 기분 나쁘거나 힘들 때 내 안에 오래 담아두지 않는다. 그건 사용한 휴지 조각 같은 거니까 그때그때 버리는 게 낫다. 가까운 누군가에게 연락해서 자초지종을 털어놓고 말로 쏟아내고 그걸로 끝. 물론 아무에게나 그렇게 하지는 않지. 상대방도 내 이야기를 자기 문제로 깊이 끌어안는 사람들이 아니다. 대부분 서로 듣고 서로 욕해주고 위로해주고 깔깔대다 그걸로 끝. 사람들은 그런 말하기가 나쁘다고도 하지만 난 그렇게 생각하지 않는다. 속에 쌓아두고 힘들게 끙끙대는 것보다 말로 던져버리는 게 훨씬 낫다고 본다.

그러니까 이제 그만 뱉어내! 털어내! 쏟아내! 그리고 좀 편해지라고!

좋은 사람

킴스분장팀 진원 누나는 자주 말했다. "호이야, 넌 착해서 더 잘될 거야. 데뷔 때부터 봐온 내가 장담해. 지금 잘되고 있는 것도 다 네가 마음을 잘 쓴 덕이고, 한결같은 마음이니까 앞으로 더 잘될 거야." 그런데 누나, 그건 누나가 좋은 사람이라서 나의 좋은 면이 잘 보인 걸 거야. 누나를 만날 때마다 생각해. 나도 누군가의 좋은 면을 크게 볼 수 있는 좋은 사람이 돼야지, 하고.

외로움이란 건

외로움이라는 건 그냥 DNA에 새겨진 기질이 아닐까? 나는 주변에 사람이 정말 많지만 그런데도 가끔은 외로울 때가 있다. 군중 속의 고독, 이 표현이 딱 맞겠지. 하지만 그건 나뿐만은 아닐 테고. 난 그 외로움 자체를 거부하거나 싫어하진 않는다. 그건 그냥 평생 같이 가는 거라고 인정하기 때문에 굳이 애써서 이겨내려고 하거나 극복하려고 하지 않는다. 누군가가 있다고 해결되는 문제는 아니니까. 그러는 편이 훨씬 낫다.

국어와 산수

인생을 살면서 국어와 산수를 잘해야 한다. 주제와 분수를 알아야 한다는 뜻이다. 자기 객관화를 잘하는 건 이 업계에서 일하는 나의 아주 큰 장점 중 하나. 배우로서, 아티스트로서 현재 나의 장단점, 강점과 약점, 위치에 대한 파악을 객관적으로 하는 편이라서 덜 상처받고 더 열심히 일할 수 있는 건지도?

자신을 스스로 잘 알면 괜한 욕심, 아쉬움, 울화가 번질 틈이 없다. 자기 객관화가 안 되면 헛된 욕망이 나를 덮칠 때 휘말리기 쉽다. 이쪽 일은 내가 재능 있다고, 노력한다고 되지 않는다. 운도 따라줘야 하고, 타이밍도, 대중의 반응도 중요하다. 사람들이 나를 궁금해하고 나에 대해 관심을 가져야 기회도 생긴다. 내가 하는 작품, 프로그램과의 케미스트리도 무시할 수 없다. 게다가 계획한다고 되는 일도 아니다.

오히려 내 위치를 잘 알 때 내가 할 수 있는 일들이 많아진다. 타협점을 잘 파악하고, 사람들과 잘 어우러지고, 내 자리에서 전체를 바라보고, 보완점을 생각하면서 움직이되 나의 존재감을 놓치지 않을 수 있다. 그건 내가 주인공이 아니어도, 내가 중심이 아니어도 할 수 있는 일. 게다가 그건 세상의 중심에 나를 세우는 방법이기도 하다.

호이 쇼는 계속된다!

어린 시절에 주병진, 이홍렬, 김혜수 선배의 토크쇼를 보고 자랐다. 요즘은 이런 포맷, 메인 MC가 진행하고 매회 초대 게스트가 바뀌는 토크쇼가 없지만 예전엔 참 인기가 많았지. 그래서였을까? 난 내 이름을 건 토크쇼가 로망이었다. 그래서 결심했다. 아무도 만들어주지 않으면 내가 만들어보자. 그게 30대 초반이었다.

쇼의 이름은 〈호이 스타일 매거진 쇼〉. "편집장이 되고 관객들이 에디터가 되어 매회 하나의 잡지를 완성한다는 콘셉트. 내가 섭외한 배우들의 진솔한 이야기와 음악, 라이프 스타일을 담아내는 색다른 토크쇼." 매거진 같은 콘셉트는 오래전부터 구상한 것이었다. 그래서 이름도 '호이 스타일 매거진 쇼'라고 붙인 것이고. 아, 이 쇼는 방송이 아니라 토크쇼 형태의 공연이었다. 그러고 보니 티저 영상도 찍었다. 그 당시 뮤지컬 〈프리실라〉 공연 막바지였는데 동료들이 모두 출연해줬고, 실제 쇼 첫 회에도 전원 참석해준 덕분에 전석 매진! 론칭을 아주 화려하게 했지.

이후에 서울 곳곳의 공연장에서 이 쇼를 진행했다. 매회 배우들, 각 분야의 전문가들을 초대했다. 어느 때는 뷰티 살롱을 열었고, 다른 뮤지컬 공연 프리뷰 행사를 진행하기도 했다. 이벤트로 마켓을 열기도 했고 연말에는 자선 콘서트도 했다. 말 그대로 매달 다른 주제로 발간되는 매거진처럼 쇼를 연 것이다. 이 쇼는 1년 가까이 진행하다 마무리를 지었다.

요즘이었다면 유튜브 개인 방송으로 쇼를 만들었거나 했겠지? 공연 문화가 대중적이지 않을 때, 토크쇼를 공연으로 진행하다니 많이 앞서 나갔다. 그때 내 무모한 도전을 함께해준 동료들, 찾아와준 관객들이 무척 고맙다. 더 오래 진행하진 못했지만 그때 나의 재능과 아이디어를 쏟아부어가면서 정말 열심히 만들었었다. 후회는 없다. 오히려 지금도 다시 한번 나의 쇼를 만들어야지, 시작해야지,라고 생각한다.

Note

"나만의 쇼를 만들 거야."

드림 노트에 적어 놓은 나의 오랜 꿈.

뜨거운 거 좋아하세요?

미지근한 것보다 뜨거운 게 좋아.

어쩌면 세상은 '적당히'를 좋아하는지도 모르겠지만,

그런 것도 같지만

뭐, 이렇게 활활 뜨거운 누군가도 있어야 하지 않겠어?

온기가 필요한 사람은 가까이 올 테고

부담스러운 사람은 좀 멀어질 테고.

이 열기가 필요하면 나를 부를 테고

그게 아니라면 아직 인연이 아닌 걸 테고.

나는 일단 내 온도대로, 내 색깔대로 가보는 거야.

언제나 호이스럽게! 호이답게!

Outro

내가 주인공이야.
영화나 드라마를 보면 주인공은 늘 시련을 겪어.
온갖 고난과 역경을 딛고 자기가 원하는 걸 이루잖아?
그래서 그런가?
가끔 나를 힘들게 하는 일과 부딪치면 그런 생각이 들어.
내가 주인공이라서 그렇다고.
내가 특별해서 그렇다고.
어떻게 이런 일이 생길 수가 있지? 싶기도 하지만
이건 행복한 결말에 이르기 위한,
전개와 절정에 속한 사건 사고 같은 것일 뿐이야.
주인공이 시련을 겪고 일어서야 재미있는 이야기가 되잖아?
내 인생이 하나의 극이고 내가 주인공이라면,
아무런 역경 없이 진행되는 이야기가 뭐 흥미롭겠어.
그래서 난 내 인생이 아주 재미있는 극이 될 거라고 생각해.
그리고 그 끝은 해피엔딩일 거라고 단언해.

〈광화문 연가〉(2018) 연습 중 © CJ ENM

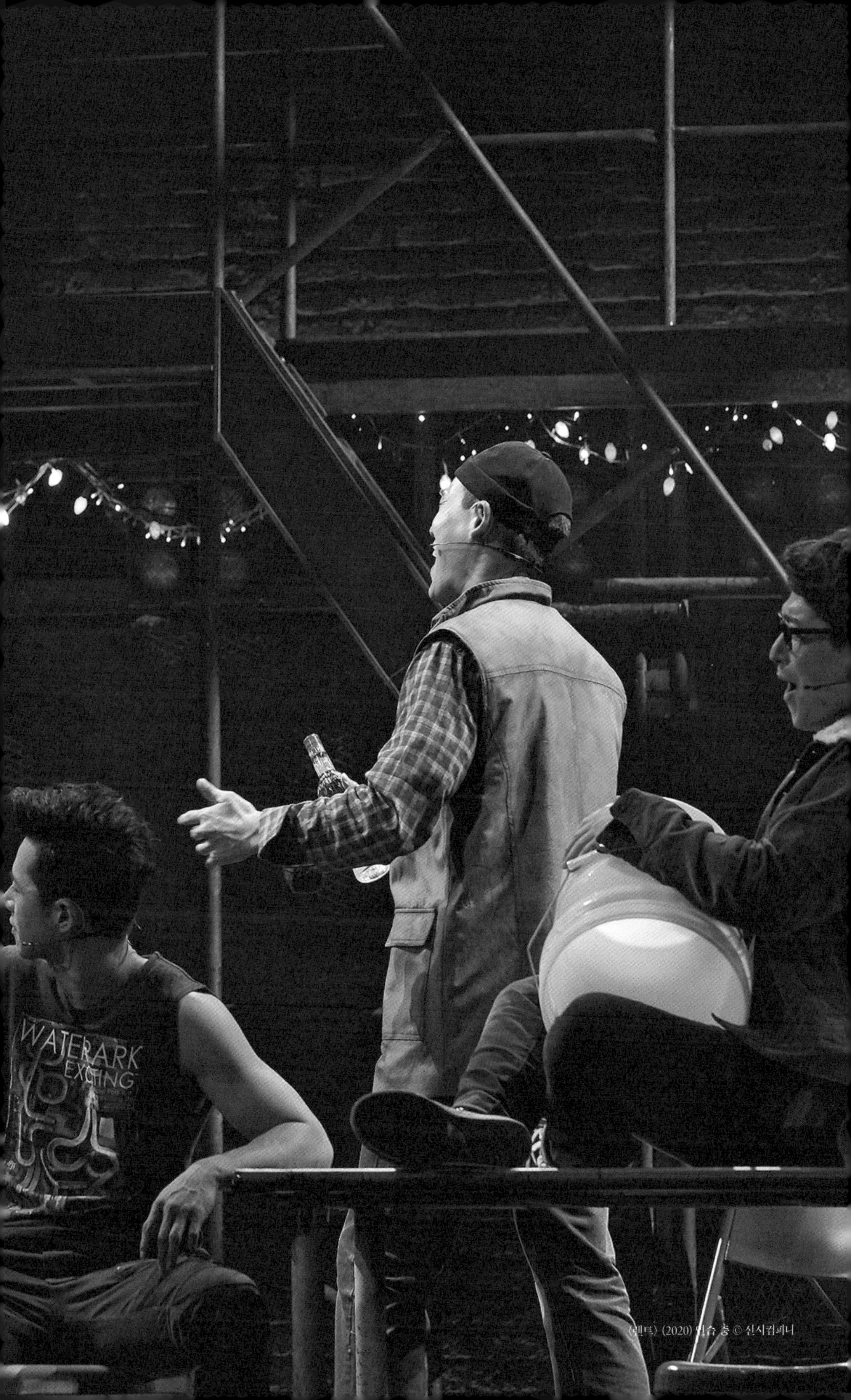

〈렌트〉 (2020) 임승충 © 신시컴퍼니

To
be
continued

〈광화문 연가〉 (2021) 엄기준 © CJ ENM

Hoy
: 뮤지컬 배우 김호영 스토리

1판 3쇄 발행 2024년 4월 22일

지은이 김호영 | **펴낸이** 김수진
기획 매직스토리포켓 | **구성** 이재영 | **편집** 김수진

펴낸곳 ㈜인티앤 | **출판등록** 2022년 4월 14일 제2022-000051호
주소 경기도 파주시 아동로 7 풀잎문화센터 4층 가24호 | **전자우편** editor@intiand.com
디자인 이영케이 김리영 | **뒤표지 사진** Jdz Chung | **제작** 세걸음

ISBN 979-11-979770-2-2(03810)